大正幽霊アパート鳳《ほう》銘《めい》館《かん》の新米管理人5

竹村優希

角川文庫
23588

Contents

鳳《ほう》銘《めい》館《かん》

代官山の住宅街にある美しい洋館。
大正時代の華族の邸館をアパートに改装したものだが、
当時の雰囲気はそのまま。入居条件は霊感があること。

上《うえ》原《はら》礼《れ》央《お》

25歳。爽良の隣の部屋に住む、
幼馴染にして唯一の友人。
業界トップレベルのフリーエンジニア。
美形だが無愛想?

鳳《おおとり》 爽《そ》良《ら》

23歳。強い霊感があることを
隠して生きてきた。
祖父の庄之助から鳳銘館を託され、
オーナー兼管理人を務めることに。

紗《さ》枝《え》

鳳銘館に住む少女の霊。
爽良に懐いている。

大正幽霊アパート鳳銘館《ほうめいかん》の新米管理人

御堂《みどう》 吏《つかさ》

30歳前後。
鳳銘館の管理人代理。
軽くて適当そうな口調だが、
人懐っこい一面も。
寺の息子で霊を祓える。

ロンディ&スワロー

鳳銘館で飼われている
ホワイトスイスシェパードの兄弟犬。
見た目はそっくりだが性格は真逆。

イラスト/カズアキ

「庄之助《しょうのすけ》さんの手紙に書いてあった『大切なもの』って、杏子《きょうこ》さんの魂のことなんじゃないかな」

少しずつ冬の気配が漂いはじめた十一月。

ガーデンチェアを買い足し、一人用ではなくなった裏庭のガーデンセット――通称ガーデンで、爽良《そら》はぽつりとそう呟《つぶや》いた。

隣でパソコンを広げる礼央《れお》が手を止め、眉間《みけん》に皺《しわ》を寄せる。

「そうかな、あまりしっくりこない」

「どうして？」

「杏子さんって御堂《みどう》さんの母親でしょ？　浮かばれないような亡くなり方をしたのに、魂が行方不明だっていう」

「うん。だから私にも協力してほしいのかなって」

「庄之助さんがそんな重いことを爽良にわざわざ頼む？　爽良にはなんの関係もないのに、しかも手紙一枚で」

「それは、そうなんだけど……。でも、巣箱に隠されてた写真には杏子さんも写ってたし、なにか関係があるんじゃないかって……」

さっきから爽良が頭を悩ませているのは、「もし爽良が鳳銘館《ほうめいかん》の主人になった場合は、どうか、私の大切なものを見つけてほしい」という、庄之助が鳳銘館と一緒に爽良に遺《のこ》した手紙の一節。

爽良が鳳銘館の管理人となってそれなりの月日が流れた今もなお、その答えは導き出せていない。

そんな中、突如耳にしたのは、ずいぶん前に亡くなった御堂の母親・杏子の魂が見つかっていないという事実。

御堂が今も捜していると知った爽良は、庄之助の大切なものとは杏子の魂に違いないと思い至った。――の、だが。

礼央の冷静な意見により、確信は脆《もろ》くも崩れてしまった。

「そもそも、もしそうなら、手紙に直接そう書けばよくない？　写真だって、巣箱なんかに隠さなくても同封すればいいわけだし。……にしても、なんでわざわざ曖昧《あいまい》な書き方をしたんだろうね」

礼央がふたたび手を動かしながら、もっともな意見を呟く。

ただ、最近の爽良は、わざわざ曖昧なヒントを出すこと自体になんらかの意味があるのではないかと考えはじめていた。

「内容を誰かに知られたくなかった、とか」

「でも、爽良が鳳銘館を継ぐとして、一緒に手紙を読む可能性がある〝誰か〟って、御堂さんくらいしか想定できないよね」

「御堂さんに内緒にしたかったって可能性は？」

「なんで？」

「なんで、って……」

確かにおかしいと、爽良は言葉に詰まって天を仰ぐ。

ただ、現時点で「捜すべきもの」として思い当たるのは杏子の魂以外になく、その仮説を完全に否定してしまうのもまた憚《はばか》られた。

「でも、他に思いつかないんだもの……、捜さなきゃいけないものなんて」

「ていうか、捜さなきゃいけないなんてニュアンスだった？」

「……え？」

「手紙の文面。そこまで切羽詰まった雰囲気じゃなかったっていうか、……なんだろ、もっと優しい感じがしたから」

そう言われて改めて思い返せば、確かに庄之助が遺した手紙からは、少なくとも焦燥感のようなものは感じ取れなかった。

「そう、かも」

納得する爽良に、礼央はさらに言葉を続ける。

「それに、もし杏子さんの魂を関係ない爽良に託すくらい真剣に捜してたなら、その過程を日誌に残してそうなものだけど」

「そういえば……、礼央が日誌を確認してくれたときは、三十年前に三〇一号室で匿《かくま》ってたってこと以外に、杏子さんに関連してそうな記録はなかったんだっけ……？」

「細部まで確認したわけじゃないけど、杏子さんが明確に登場したのはその一回っきりだったよ」

「そっか……。じゃあ、庄之助さんが見つけてほしいものと杏子さんの件は、やっぱり別なのかな……」

「憶測だけどね。なにせ、あまりにヒントが少なすぎて」

本当にその通りだと、爽良は俯《うつむ》く。

ただ、たとえ庄之助の手紙とは無関係だったとしても、杏子の件を放っておく気持ちにはなれなかった。

というのも、御堂が危険な降霊術を使って母親を捜していると知った瞬間から、爽良の心の中には御堂を助けたいという思いがはっきりとある。

もちろん、御堂が自分を必要としないことはわかっていたけれど。

第一章

「よかった、今日もいない……」

おそるおそる三〇一号室を覗《のぞ》き込み、爽良はほっと息をつく。

ここ数日というもの、近くを通りかかるたびに三〇一号室の中を確認することが、爽良の習慣と化していた。

もちろん、たとえ降霊術をする御堂を見かけてしまったとしても、爽良にそれを阻止する術《すべ》はない。

それでも、ただの自己満足だとわかっていてもなお、近くを通るたびに込み上げる不安から、爽良には衝動を抑えることができなかった。

御堂がいないことを確認した爽良は、ドアにもたれてゆっくりと緊張を解く。

頭の中を巡っているのは、碧《あおい》が降霊術について教えてくれたときに話していた、「なにが降りてくるかわからない」という怖ろしい言葉。

霊に体を奪われかけたことがある爽良からすれば、あの恐怖に自ら身を投じるなんて到底理解ができなかった。

「よくこれまで無事でいられたよね……」

つい零《こぼ》れる、ひとり言。――そのとき。

「なんの話？」

突如声をかけられ、爽良は肩をビクッと震わせた。

声がした方へ視線を向けると、廊下の先で小さく手を振る碧と目が合う。

「碧さん……」

「ずいぶん神妙なひとり言だったね」

「い、いえ……」

「まぁ、だいたい想像つくけど。場所が場所だし」

苦笑いを浮かべる碧の様子を見れば、爽良の頭の中が見透かされていることは聞くまでもない。

ならば誤魔化す必要もないと、爽良は小さく頷《うなず》く。

「つい心配になってしまって。御堂さんは、あんな危険なことをして、これまでに危険な目に遭ったことはないのかなって……」

「まー、今も普通に生きてるってことは、ないんじゃない？」

「そ、そんな単純な」

「単純だよ。降霊術にはいろいろあるし、吏《つかさ》がどういう降霊術を試してるのか全然知らないけど、どれであろうと命懸けだもの」

「命懸け……」

安心したいがために投げた問いの答えは、爽良の不安を余計に煽《あお》った。固まる爽良を他所《よそ》に、碧はさらに言葉を続ける。

「ただ、そういう意味では吏はラッキーだよね。降霊術に関しては間違いなく素人だったはずの吏が、今のところ無事なんだから」

「ラッキーって……」

「また不謹慎だって怒る？　でも、不謹慎なのはむしろ吏の方でしょ？　薄情に聞こえるかもしれないけど、危険だろうがなんだろうが全部吏の意志でやってることなんだろうし、そういう人間にごちゃごちゃ言いたくないのよ。どうせ聞かないんだから、労力の無駄だし」

言い方はともかく、それはもっともな意見だった。

御堂が聞き入れてくれないという見解に関しては爽良も同じであり、だからこそ、様子を窺《うかが》うばかりでなにもできないでいる。

かといって、碧のようにサッパリと割り切ることもできず、爽良は重い溜《た》め息をついた。――すると。

「あ、そうだ、あの子なら降霊について詳しいかもしれないから、気になるなら聞きに行ってみる？」

ふいに碧の声色が明るくなり、爽良は顔を上げる。

ただ、「あの子」という響きには、半ば無意識に不穏な予感を覚えていた。

「……あの子、というのは」

「依《より》ちゃん」

やはりと、爽良は思う。

同時に嫌な記憶が次々と蘇《よみがえ》り、条件反射的に眉間《みけん》に皺《しわ》が寄った。

「依さんは、ちょっと……」

「苦手なのは知ってるんだけど、でも依ちゃんはかなり詳しいと思うよ？　降霊やら呪いやら禍々《まがまが》しいものに関して、膨大な知識を持ってるから」

「で、でも、たとえそうだったとしても、依さんに約束を取り付けるのは大変でしょう……？」

爽良が思い返していたのは、以前、依と面会したときのこと。

依は自らの商売に関して警戒心が異常に強く、拠点も転々と変え、兄である御堂ですら簡単に会うことは叶《かな》わないという話だった。

あのときは結局御堂が依を欺き、依の客になりすまして約束を取り付けたけれど、同じ手はもう二度と通用しないだろう。

しかし、碧は平然と首を横に振った。

「大丈夫、私が連絡すれば普通に来るから」

「そ、そうなんですか……？」

「前にも言ったけど、依ちゃんは私の能力を欲しがってるしね。彼女の物騒な仕事のツールのひとつとして」

「そ、そういえば、そんなことを言われてましたね……」

「うん。だから今すぐにでも呼べるけど、どうする？　会う？」

「………」

大きな目に見つめられ、爽良は戸惑う。

というのも、碧がくれたのは、爽良にとって酷《ひど》く悩ましい提案だった。

正直、爽良は霊を道具のように扱う依に対して強い嫌悪感を抱いており、今後いっさい関わりたくないと心から思っている。

とはいえ、御堂がやっている降霊術についての情報はほしい。

するとと、なかなか決められずにいる爽良に、碧は小さく肩をすくめた。

「迷う気持ちもわかるんだけど、これが一番手っ取り早い方法だよ？　私は生まれたときからこういう世界に関わってるけど、降霊術に詳しい人間なんて依ちゃん以外に出会ったことがないもの」

さらに追い討ちをかけられ、一気に心拍数が上がる。

すると、碧は突如爽良の手首を摑《つか》み、そのまま階段へ向かって廊下を進んだ。

「ちょっ……、碧さん……！」

「ってかさ、前々から思ってたけど、悩み方が暗いんだよね」

「そ、そんなこと言われても……！」

「とりあえず、カフェ行ってお茶でもしよ？　呼ぶか呼ばないかは、そこでゆっくり考えようよ」

「待っ……、私、まだ掃除が……」

「掃除掃除って言うけど、埃《ほこり》ひとつ落ちてないじゃない。少々さぼったって誰も気付かないから大丈夫」

そういう問題ではないと思うものの、その程度の反論で碧の勢いは止まりそうになく、結局爽良は黙って後に続く。

もちろん、やろうと思えば振り切ることもできたけれど、この強引さに碧なりの気遣いが滲《にじ》んでいる気がして、無下にできなかった。

さらに、正直に白状するならば、女性とカフェに行くという響きに、そんな場合ではないと知りながら少しだけ気持ちが高揚してしまっている自分がいる。

なにせ、霊感体質のせいでまともに友達のできなかった爽良にとっては、なにかに怯《おび》えることなく、礼央以外の誰かと同じ時間を過ごすというごく普通の経験が、あまりにも少ない。

もはや、憧《あこが》れと言っても過言ではなかった。

「あの、……碧さんは、時間大丈夫なんですか……？」

「うん。今日はなんにもないから、ちょうど爽良ちゃんと遊びたいなって思ってたとこ。

だから、さっきも捜してたの」

「………」

「あ、構われるの嫌？　うざい？」

「いえ、なんというか……、私と遊びたいだなんて、嬉《うれ》しくて。……本当に」

「……重。……ま、せっかくだからちょっとだけ出掛けようよ。どんな話題にせよ、場所を変えると気分も変わるから」

「は、はい……」

「よし、決まり」

爽良が頷くと、碧は鮮やかな笑みを浮かべて軽快に階段を下りる。

爽良は、碧の切り替えの器用さや、どんなときも感情がフラットなところを羨《うらや》ましく思いながら、その背中を追った。


その後、爽良たちが向かったのは、代官山《だいかんやま》駅から程近いカフェ。

レトロな外観に加え、内装はすべて薄いグリーンの木目で統一されていて、お洒落《しゃれ》な映画から飛び出してきたかのようにすべてが可愛らしかった。

慣れない雰囲気につい気後れし、メニューも見ずにコーヒーを頼もうとする爽良を他所に、碧は席に通されるやいなや、フルーツがグラスからはみ出す程盛られたパフェを、爽良のぶんまで注文する。

そして、碧は運ばれてきたパフェから、器用に無花果《いちじく》を抜き取りながら、楽しそうに笑った。

「これを積み上げた人、かなりの匠《たくみ》ね。祖先は城の石垣を手掛けた人かも」

「視えるんですか？」

「いや冗談だから。そんなの視えるわけないじゃない」

「…………」

視える視えないを話題にできることは気楽でいいが、碧を相手にすると本気と冗談の境目がよくわからず、ときどき戸惑う。

碧はそんな爽良にいたずらっぽい笑みを浮かべ、それから思い出したように携帯のカメラを向けた。

「撮る前に食べちゃったから、そっち撮っていい？」

「も、もちろんです。SNS用ですか？」

「ううん、SNSには興味がなくて。これは、礼央くんを羨ましがらせる用」

「え、だけど、礼央はあまり甘いものには興味が……」

言いかけたものの、向けられた携帯の画面を見て爽良は硬直する。そこに表示されていたのはパフェだけではなく、むしろその奥でポカンとする爽良にピントを合わせた写真だった。

「わ、私ですか……？」

「そう。この写真と交換条件で、礼央くんに仕事を手伝ってもらおうかなって」

「や、やめてください、そんなの欲しがるわけが……！」

「いや余裕で欲しがるでしょ」

「碧さん……！」

「だって、最近なんだかいい感じだし。もしかして、なんかあった？」

「なんっ……」

「あったね」

わかりやすく動揺する爽良を見て、碧はついに声を出して笑う。

爽良は慌てて目を逸《そ》らし、熱を上げる頬を冷ますため、パフェのアイスを口に運んだ。

「べつに、なにもないです。最近話す機会がなくてすれ違っていたのが、元通りになったっていうだけで」

「ふうん。そういえば、裏庭の椅子を一脚増やしたんだって？」

「それは、……あったほうが便利なので」

「便利、ねえ」

ニヤニヤと笑う碧の視線が居たたまれず、爽良はもはや作業のように無花果の山を掘り進める。

ただ、散々動揺したものの、なにもないという表現はただの誤魔化しではなかった。

確かについ最近、爽良の中で礼央に対する感情が変化を遂げ、それが爽良にとって天変地異くらいに大きな出来事だったことは否定できない。

ただし、人とのコミュニケーションに関し、自分がずいぶん遅れていることを自覚している爽良は、それが世間的には言葉にするのも難しいくらい些細《ささい》なものなのだろうとわかっていた。

つい考え込んでいると、碧がふいに穏やかな表情を浮かべる。

「ま、とにかく、私は爽良ちゃんのことを全面的に応援してるからさ。面白がってるように見えるかもしれないけど、本心でね」

「応援、ですか」

「うん。爽良ちゃんって昔から苦労が多かったみたいだし、ちょっと心配になるくらい真面目で不器用じゃない。だから、これからは自分の感情を大事にして、いつも笑っていられるといいなって」

「碧さん……」

「そうなると、礼央くんの行動がもっとも重要になってくるでしょ。傍観者としては、そこがどうしても気がかりで。あの人わかりにくいしさ、観察し甲斐《がい》がなさすぎるんだよね」

ふたたび礼央の話題に戻り、爽良は思わず咳《せ》き込む。

そして、女性が恋愛話を好むというのは本当らしいと、一風変わった碧すらも例に漏れないのかと、爽良は密《ひそ》かに納得していた。

「そ、それより、……依さんのことですけど」

爽良はひとまずこの話題から逃げるため、なかば無理やり本題を出す。

すると、碧は可笑《おか》しそうに笑いながら首を縦に振った。

「あ、そうだった。で、どうする？　呼ぶ？　あの子、甘いものがある場所だったらどこにでも飛んで来るよ」

「あ、いえ……、やっぱり、やめておこうと思いまして。もちろん降霊術のことはすごく知りたいですけど、なんというか……、私はこれ以上、依さんには関わらずにいようかと……」

正直、その決断に関しては、カフェに入る前からすでに決まっていた。

それでも語尾がたどたどしくなってしまった理由は、以前に碧から聞いた言葉が影響している。

碧は、初めて依の話題になったときに、依のことを「霊を道具にするみたいなあの子のやり方、普通に軽蔑《けいべつ》してる」と話した。

同時に、「子供の頃はいつも一緒だったから、正直嫌いにはなれない」とも。

だからこそ、いくら爽良にとって厄介でしかない存在でも、碧の心情を無視するような言い方を選びたくはなかった。

「……そっか」

碧は短い返事をし、かすかに視線を落とす。しかし、爽良の不安げな表情を見た途端、一転して可笑しそうに笑った。

「どうして爽良ちゃんがそんな顔するの」

「え、……い、いえ、普通の顔のつもり、ですが」

「下手すぎ。そうやって必要以上に人の顔色を窺《うかが》うのやめなさいってば。それは優しさだし美徳だと思うけど、爽良ちゃんはそれで自滅するタイプなんだから」

「し、しません、自滅なんて」

なんとか否定したものの、軽い口調で核心を突かれたことに、まんまと動揺してしまっている自分がいた。

一方、碧はスプーンを置き、苦笑いを浮かべる。

「まぁ、今のはこっちも下手だったかもね。……正直に言うと、なんだか切なくて。あの子も昔からああだったわけじゃないから、昔を思い出すと複雑でさ」

「昔の、依さんですか……」

「大昔の、ね。霊能力を持って生まれると、いろいろ大変じゃない。爽良ちゃんのように理解のない環境に生まれる苦労も相当だと思うけど、そういう血筋に生まれる苦労もまた、なかなかなのよ。……女性は、特にね。世の中はなにもかもに男女平等の風潮が広がっているけど、私たちの血筋はそうじゃないから。吏と依ちゃんみたいに歳が近いとさ、扱いの顕著な差に傷つくだろうし、そりゃ歪《ゆが》んじゃうよね」

「後継ぎかそうじゃないかで、差が出るってことですよね……？」

「そう。女なんて、いないも同然の扱い。……それに抗《あらが》おうとする人間もまぁいるんだけど、問題が余計に面倒臭くなるだけっていう」

さも不快そうな表情を見て思い出すのは、以前に御堂が話していた、碧が御堂の実家・善珠院《ぜんじゆいん》の後継者騒動の渦中に巻き込まれているという話。

碧の母親は、寺を継ぐ気のなさそうな御堂の代わりに碧を推しており、そのせいで御堂の父親と揉《も》めていると聞いた。つまり、抗おうとする人間とは、碧の母親のことを指しているのだろう。

碧は依に同情的だが、そんな碧が置かれている状況もまた相当な苦悩がありそうだと、爽良はなんだか複雑な気持ちになった。

「大変、なんですね」

思わずそう呟《つぶや》いた瞬間、碧は突如我に返ったように瞳《ひとみ》を揺らし、少し気まずそうに笑う。

「ごめん、なんか変な話しちゃった」

「そんなこと……。おふた……いえ、依さんのご苦労を知れて良かったです。私には想像の及ばない話ですし」

「いや、だからそういうところが甘いんだって。たとえどんな事情があろうと依がやってることは最低だし、爽良ちゃんが同情してあげる必要なんてないしね」

「……わかってます」

「じゃ、とりあえず食べよっか。……てかもう崩れそうじゃん」

慌ててまたパフェを食べはじめる碧は、すっかりいつも通りの様子だった。

かたや、爽良の頭の中では、碧から聞いた話が延々と回っていた。

もちろん、依に対する印象に変化があったわけではない。

ただ、自分たちのように特殊な体質を持った人間がなんの不安もなく過ごせる場所は、思っていたよりもずっと少ないらしいと察し、鳳銘館を遺《のこ》してくれた庄之助の思いに改めて感謝していた。


翌日の朝。

爽良は植木の手入れをする御堂の様子を、遠くからこっそり窺っていた。

というのも、依と会うことを拒否してしまった以上、爽良に情報収集の手段はもうなく、散々考えに考え抜いた結果思い至ったのが、いっそ御堂本人に探りを入れるという単純な方法。

とはいえ、御堂から本音を引き出すことがいかに困難かを十分に知っている爽良は、後ろ姿を見ただけですでに怯《ひる》んでいた。

「聞いて答えてくれるような人なら、そもそも苦労してないっていう……」

切実なひとり言が、静かな庭に吸い込まれていく。

結局、もっと会話のシミュレーションを練ってからにすべきだと、爽良は自分に言い訳しながら御堂に背を向けた。

しかし。

『ワン！』

突如響き渡った、スワローの鳴き声。

不穏な気配もないのにスワローが鳴くなんて滅多になく、爽良が思わず振り返った――

――瞬間、御堂と目が合った。

「なにしてんの？」

「え、あ……、その」

「俺に用？」

「は、はい！……い、いえ！」

「どっち」

「その……、用があった気がしたんですが、忘れ、ました」

「なにそれ」

なんという醜態だと情けなく思いながら、爽良はひとまず苦笑いで誤魔化す。

ただ、御堂のまっすぐな目に見つめられた瞬間から、それとなく聞き出すなんて芸当は自分にはやはり無理だと、はっきりと再認識していた。

思えば、爽良に対する御堂の態度は、一時期に比べればずいぶん柔らかくなった。

とはいえ、今もなお、少しでも余計なことをした瞬間に元に戻ってしまいそうな危うさがある。

今墓穴を掘ったら終わりだと、爽良は慌てて別の話題を探す。

「そ、それにしても、だいぶ寒くなりましたね」

「……まあ、そうだね」

咄嗟《とっさ》に捻《ひね》り出したのはまったく中身のない会話だったけれど、御堂は怪訝《けげん》な表情を浮かべながらも一応付き合ってくれるらしい。

爽良はひとまずほっと息をついた。——しかし。

「ついこの間十一月になったばっかりだと思ってたのに、もう半分以上過ぎたなんて信じられな——」

あくまで自然に話を続けようとした爽良は、突如、口を噤《つぐ》んだ。

なぜなら、なんの変哲もない季節の話の途中で、御堂の顔色が明らかに変わったからだ。

「ど、どうしました……？」

躊躇《ためら》いつつも、あまりにわかりやすい反応を無視する方が不自然な気がして、爽良はおそるおそる尋ねる。

しかし、御堂はすぐに我に返り、首を横に振った。

「いや、……そういえば、もうすぐだなって思って」

「もうすぐ……？」

「…………」

「御堂さん？」

「ごめん、忘れて。なんでもないから」

「え、でも」

「やだよね、寒いの。厚着って面倒臭いし」

「……そう、……ですね」

忘れろなんて無茶だと思いながらも、強引に話を変える御堂に合わせ、爽良は仕方なく頷《うなず》く。

むしろ、踏み込むなという意志が明確に伝わってくる空気に当てられ、それ以外に選択肢はなかった。

爽良は戸惑いを隠せないまま、無理やり笑みを繕う。

「じゃあ、……私、仕事に戻りますね」

「ん。よろしく」

去り際にふたたび、スワローのかすかな鳴き声が響く。

それを意味深に感じながらも、今の爽良にはどうすることもできなかった。

＊

数日後。

ウッドデッキで仕事をする姿を見かけてコーヒーを届けた爽良に、礼央は神妙な面持ちで、最近スワローを見かけないと零《こぼ》した。

「スワロー……？　そういえば、数日見てないかも」

改めて記憶を辿《たど》ったものの、爽良もまた、御堂の様子がおかしかったあの日以来、スワローを見かけた記憶がなかった。

首をかしげる爽良に、礼央はわずかに視線を落とす。

「気になってずっと捜してるんだけど、いなくて」

「そうなんだ……。元々スワローは私の前にはあまり姿を現してくれないし、全然違和感がなかったよ……。礼央は毎日会ってたの？」

「うん。一人で仕事してるときは、いつも足下にいたし」

「そっか、……だったらちょっと変だね」

そこまで懐いていたとは知らず、爽良は驚く。

それと同時に、なんだか胸騒ぎを覚えた。

スワローは鳳銘館のペットという位置付けではあるが、霊であることには違いなく、異変と聞くと、どうしても不穏な想像をしてしまう。

すると、礼央がパソコンをパタンと閉じ、庭をぐるりと見渡した。

「忙しいのかも」

「え？」

「最近、妙な気配が増えてるし」

「そうなの？　鳳銘館に？」

「まあ、見る限りどれも小さなものだけどね。スワローは番犬だから、追い払うのに忙しいのかなって思って」

そう言われて庭に視線を向けてみたものの、爽良には普段との違いがよくわからない。

ただ、礼央は霊の気配に関しておそろしく敏感であり、疑う余地はなかった。

「なんだか、怖いね」

「いや、気にする程でもないんだけど、単純に煩《うるさ》くて。いくら小さな気配って言っても、これまでにないくらい数が多いから。……なにか、霊が騒ぐようなことでもあったのかな」

「騒ぐような、こと……」

その瞬間、たちまち爽良の頭を過《よぎ》ったのは、御堂の降霊術。

それは、礼央が口にした「霊が騒ぐようなこと」という表現に、ぴったり当てはまっていた。

「爽良？」

おそらく顔に出てしまっていたのだろう。即座に礼央の目に射貫《いぬ》かれ、爽良はビクッと肩を揺らす。

ちなみに、礼央にはまだ御堂の件を伝えていない。

そこに深い意図はなかったけれど、御堂にあまりよい印象を持っていない礼央に相談することを、ただシンプルに躊躇っていた。

しかし、異変の原因の可能性があるとなるとそうもいかず、爽良は重い口を開く。

「実は、……ちょっと、気になることが」

「うん？」

「御堂さんが、……降霊術っぽいことを、していて」

「は？」

礼央の反応は、想像以上だった。

そのあまり見たことがないくらいの険しい表情に、爽良は思わず怯《ひる》む。

しかし、もはや後には引けず、爽良は三〇一号室で見たものを、できるだけ私情を交えずに報告した。そして。

「――そういうわけで、……御堂さんは杏子さんの魂を捜してるみたい」

すべてを話し終えると、礼央はさも気怠《けだる》げに天を仰いだ。

「他人にはいろいろ言うくせに、自分はずいぶんやばそうなことするんだね。しかも三〇一号室で降霊術をしてるってことは、三十年モノの強力な結界も無効にしたんだろうし」

「で、でも、あの御堂さんのことだから、あまり危険がない程度にやってるんじゃないかって」

「霊を自分の体に寄せ付けてるんでしょ？　危険がない程度、なんてある？」

無理やり自分に言い聞かせていたわずかな希望をあっさりと否定され、爽良は俯《うつむ》く。

ただ、礼央の言葉はもっともであり、返す言葉がなかった。

「そう、だよね。……絶対危ないよね」

「まぁ本人がなにしようが勝手だけど、寄せ付けた霊が母親じゃなかったときはどうするんだろうね。やっぱ祓《はら》うのかな。いつもみたいに、バッサリと」

「それは……」

「あの人にとって母親だけは例外で、その他は全部悪なんだろうし」

「礼央……」

礼央の言葉が思った以上に辛辣《しんらつ》で、爽良は戸惑う。

しかし、そのとき。

「――ちょっと、うちの身内をあまり悪者にしないで」

突如、談話室に繋《つな》がるガラス戸から碧が顔を出した。

「碧さん……！」

「ごめん、ちょっと前から盗み聞きしてた」

「いえ……、でも全然気付きませんでした」

「俺は気付いてたけど」

「え、そうなの……？」

驚く爽良を他所《よそ》に、碧は平然と笑う。

「だろうと思った。爽良ちゃんに話すにしては、言葉があまりにきつすぎたもの」

「どうせあんたでしょ、爽良にくだらない情報吹き込んだの」

「吹き込んだっていうか、状況をそのまま説明しただけよ。現場を見ちゃったんだからどうしようもないじゃない」

「ちょ、ちょっと待ってください……」

たちまち空気が緊張を帯び、爽良は慌てて間に入った。

すると、碧は隣のテーブルから椅子を引き寄せ、爽良の隣に座る。

そして。

「そんな礼央くんにひとつだけ訂正させてもらうけど、吏の降霊術は、鳳銘館に気配が増えた直接の原因じゃないからね」

そう言って、礼央をまっすぐに見つめた。

「どういう意味」

礼央が即座に反応すると、碧は満足そうな笑みを浮かべる。

そして、勿体《もったい》ぶるようにゆっくりと頰杖《ほおづえ》をつき、言葉を続けた。

「吏ってさ、まぁ私もそうなんだけど、代々強い霊能力を受け継ぐ家系だから、その影響で元々霊が寄り付きにくいの。小さな気配なんて、目が合った瞬間に逃げていくしね。だから、庭やら建物やらの手入れで敷地内をウロウロしてるうちに、たいして意識しないまま追い払ってたんだと思うのよ、これまでは」

その話を聞きながら爽良の頭を過っていたのは、碧の持つ不思議な能力のこと。

碧は霊を一時的に自分の体に閉じ込めておくことができるらしく、それを〝仏様と同じ釜《かま》の飯を食べて育った者の特権〟なのだと説明していた。

霊が寄り付かないという御堂の体質もきっとそういうことなのだろうと、爽良は密《ひそ》かに感心する。

「血筋の影響って、意外と顕著なんですね……」

「まあね。だけど最近の吏は母親捜しに重きを置いてるみたいだし、そうなると、鳳銘館をウロつく時間も必然的に減るじゃない。そのぶん、浮遊霊が増えてるんじゃないかなって思うのよ、私は」

「それって結局は、御堂さんが原因ってことじゃん」

「でも、直接的な原因ではないでしょ？　そもそも、悪霊祓いを目的に吏を雇ってるわけじゃないなら、責めるのはお門違いだと思うけど。これまでたまたま享受できていたものが減ったってだけなんだから」

「…………」

「違う？」

「いや、……確かに、あんたが合ってる」

「ほら。ってか、素直に認めることあるんだ、意外」

よほど驚いたのか、碧は目を丸くし、共感を求めるように爽良を見つめる。

爽良的には礼央が素直じゃないという認識はないが、碧との関係性の中ではどうやらそうらしいと、少し不思議な気持ちだった。

しかし、礼央はそんな碧の反応を完全に無視し、椅子の上であぐらをかいて遠くを見つめる。

「つまり、そのぶんスワローが追い払う霊が多くなって、忙しくなったってこと？」

「多分ね。あの子、素っ気ない割に番犬だっていう自覚があって偉いよね」

「あまり無理してないといいけど」

「でも、お陰で爽良ちゃんの安全が守られるわけだし」

ふいに口にした碧の言葉で、爽良の胸がチクリと痛む。

碧に悪気がないことはわかっているが、自分がまだ誰かに守られなければならない存在であるという事実を突きつけられた気がして、苦しくもあり、申し訳なくもあった。

「ま、とにかく吏はあんな調子だから、しばらくは二人とも気をつけて。鳳銘館は、放っておけばどんどん霊が寄ってきちゃう特殊な場所なんだから」

「了解」

「じゃ、盗み聞きした上にお邪魔しちゃってすみませんでしたね、礼央くん。あと、この件が落ち着いたらまた爽良ちゃんとお茶行きたいなぁ」

「はい、是非！」

「お茶……？」

「ちょっと、一緒にカフェに行ったくらいでいちいち突っかからないでよ。仕事を手伝ってくれるなら、そのときの写真を送ってあげてもいいけど」

「爽良で商売しないで」

「はいはい。じゃ、また！」

ひらひらと手を振って去っていく碧の後ろ姿を眺めながら、爽良は思わず溜《た》め息をつく。

「私にも、霊が簡単に寄り付けなくなるような特殊な力があったらいいのに」

頭に浮かんだままの思いがポロリと溢《あふ》れ、途端に礼央の視線が刺さった。

「あ、いや、落ち込んでるわけじゃなくて。ただの希望っていうか」

また心配をかけてしまったと、爽良は慌てて弁解する。

しかし、礼央は意外にも、穏やかな笑みを浮かべた。

「いや、驚いただけ。特殊な力がほしいなんて、ここに来る前の爽良なら絶対に望まなかっただろうから」

「それは、そうかも。……いいことかどうかはわかんないけど」

「俺は、いいと思う。自分の体質を受け入れられずに苦しむよりは、ずっと」

「そう、かな」

「そうだよ」

礼央にそう言われると、もどかしい気持ちでいっぱいだった心が、あっという間に凪《な》いでいく。

なんだか力が抜け、爽良は背もたれにゆっくりと背中を預けた。

一方、礼央は庭を見渡しながら、眉間《みけん》に皺《しわ》を寄せる。

「ただ、だからといって無理に頑張ろうとしないで。今は碧さんが言ってた通り不安な状況だし、せめて御堂さんが普段通りに戻るまでは」

「うん、わかってる」

「まあ、いつまで続ける気なのか見当もつかないけど」

「いつまで、か……」

「うん？」

そのとき、唐突に爽良の頭を過《よぎ》ったのは、ごく素朴な疑問。

「ねえ、……御堂さんは、どうして急にあんなに必死に杏子さんを捜しはじめたんだろう。これまではそんな素振りを見せなかったのに……」

言葉にするとなお、御堂の行動が妙に唐突に感じられた。

しかし、礼央はさほど気にする様子もなく、小さく肩をすくめる。

「杏子さんが三〇一号室に匿《かくま》われていた記録が見つかったのは最近のことだし、もしかしたら魂も三〇一号室にいるんじゃないかっていう衝動的なものでしょ」

「もちろんそれは大きなキッカケになったと思うけど……、ただ、御堂さんはそもそも鳳銘館に杏子さんの魂がいるんじゃないかって、ある程度当たりを付けてたんだと思うし……。なのに、三十年前の記録を見つけたくらいでそこまで焦るものなのかなって……」

「そう言われると、少し変かもね。……でも、いずれにしろ爽良が心配することないよ。だいたい、あの人の方が俺らよりずっと霊に精通してるんだから」

「……それは、そうなんだけど」

礼央の言葉には、説得力があった。

確かに、御堂は爽良とは比較にならないくらい霊に関する造詣《ぞうけい》が深い。もはや、心配すること自体が烏滸《おこ》がましく思えるくらいに。

けれど、だとしても、心の奥の方にどうしても納得しきれない自分がいた。

というのも、三〇一号室で立ち尽くす御堂の姿を思い浮かべるたびに思い出すのは、あのとき覚えた、なんともいえない危うさ。

爽良はあの場所で、自分の命などどうでもいいと言わんばかりの、いっそ捨て身とも取れる空気を肌で感じた。

いつまで経っても胸騒ぎが収まらない理由は、おそらくそこにある。

すべては自分の想像に過ぎないと、わかっているけれど。

「気配が増えてる」という礼央の言葉を実感したのは、早くも翌日のこと。

裏庭のガーデンで休憩していた爽良は、ふと、妙な気配の存在に気付いた。

ただ、咄嗟《とっさ》に辺りを見渡したものの姿はどこにも確認できず、感じるのは、異様な視線のみ。

それは、まるで息を潜めて観察されているかのような、不気味な視線だった。

「……戻ろう」

爽良は慌てて立ち上がり、ガーデンを後にする。

そして、急いで東側の通用口まで戻り、おそるおそる裏庭を振り返って、思わず息を呑《の》んだ。

「なんか……、増えてる……？」

伝わってきたのは、さっきとはまた違う、複数の視線。

それらはいたるところから爽良に集中していて、背筋がゾッと冷える。

そもそも裏庭には気配が多いとはいえ、そのとき感じた気配の数は、いつもとは到底比べものにならなかった。

爽良は通用口の戸を開けて廊下に上がり、一度ゆっくりと息を吐く。

そして改めて窓から外を確認すると、ほんの束の間目を離しただけだというのに、気配はさらに数を増やしていた。

次々と増えていく視線があまりに怖ろしく、爽良は外から目を離せないまま、その場で硬直する。

しかし、そのとき。

『ワン！』

大きな鳴き声が響くと同時に、ふわりとスワローが姿を現した。

スワローは警戒を露《あら》わに辺りを見渡したかと思うと、突如、まるで狼のように長い遠《とお》吠《ぼ》えをする。

途端に激しい風が吹き荒れ、木々が激しく枝を揺らした。

爽良はその光景を呆然《ぼうぜん》と眺めながら、さっきまでひたすら増え続けていたはずの気配が一気に薙《な》ぎ払われていくような、あからさまな空気の変化に気付く。

やがてスワローは遠吠えを止めると、爽良にチラリと視線を向け、裏庭の奥へ向かって立ち去っていった。

ただ、その足取りにいつものような軽快さはなく、ふと心に不安が過る。しかし。

「ねえ、スワロー……！」

咄嗟に呼び止めたものの、スワローに立ち止まる気配はなかった。

爽良はさっきまでのことが嘘のように静まり返った裏庭を前に、スワローにかかっている負担の大きさを改めて実感する。

「スワローは、いつもあんなにたくさんの気配を追い払ってくれてたんだ……」

碧や礼央と話したときは上手《うま》く想像できなかったけれど、それがどれだけ凄《すご》いことか、爽良はしみじみ実感していた。

力強い遠吠えですべての気配を一掃する姿はあまりに衝撃的で、思わず心が震えた。

それは今もなお、収まっていない。

ただ、どこか辛《つら》そうに見えたスワローの様子は、やはり気になって仕方がなかった。

スワローの体にどんな影響が及んでいるのかはわからないが、かなり消耗していることは想像に容易《たやす》い。

せめて、回復させてあげられるような方法があればと思うけれど、それもまた、御堂のことと同様に、爽良にはなんの手段も浮かばなかった。

「――やっぱり、自分に寄ってくる霊くらい、自分でなんとかできればいいのに」

その日の午後。

爽良は東側の庭でロンディの遊び相手をしながら、なかば無意識にそう呟《つぶや》いた。

その日は御堂も碧も礼央までも不在でなんだか心許《こころもと》なかったけれど、紗枝《さえ》が珍しく姿を現してくれ、爽良の言葉に耳を傾け心配そうに瞳《ひとみ》を揺らす。

『大丈夫？』

「あ、……うん、ごめんね愚痴っちゃって。なんだか私、皆の負担を増やしてばっかりだなって思って。……スワローにも苦労をかけてるし」

声に出すと、それは自分で思うよりもずっと弱々しく響いた。

紗枝はゆっくりと首を横に振り、爽良の服の裾《すそ》をきゅっと引く。

『爽良のせいじゃない』

「……ううん、私は寄せ付けやすいもの。番犬をしてくれてるスワローの苦労を思うと、苦しくなっちゃって」

『だけど、ここには、ずっと前からたくさんいるから。爽良が来るずっとずっと前から、たくさん』

「でも、私と他の人とじゃ厄介さが違うよ。……だって、たくさんいる霊のほとんどが、今は私を狙ってるんだから」

『爽良が優しいから』

「……そんなこと」

『くれるんじゃないかって、思うから』

「うん？」

『体を』

「……うん」

それが大問題なのだと思いながらも、必死に慰めてくれる紗枝の気持ちが嬉《うれ》しくて、爽良は頷《うなず》く。

すると、紗枝は満足そうに目を細め、お腹を向けて寝そべるロンディを撫《な》でた。

それは、爽良にとってずいぶん久しぶりの穏やかな時間だった。

しかし、そのとき。

突如生温《なまぬる》い風が吹き、紗枝がぴたりと動きを止める。

「紗枝ちゃん……？」

不安になって名を呼ぶと、紗枝は表情にわかりやすく緊張を滲《にじ》ませた。

『いる』

「え？」

『変なのが、いる』

「変なの……？」

尋ねながらも、爽良は察していた。

いかにも嫌な感じのする気配が、近くにあることを。

しかも、それは昨日裏庭で感じたどれよりも不穏であり、そして異質だった。

「紗枝ちゃん、隠れて……」

『爽良』

「私も、すぐに中に入るから」

『うん』

紗枝は頷くと同時に、ふわりと姿を消す。

爽良はそれを見届けた後、困惑しているロンディを連れて玄関へと走り、慌てて中へと駆け込んだ。

そして自分の部屋に戻り、窓からこっそりと外を覗《のぞ》く。――瞬間、明らかに、なにかと目が合ったような気がした。

しかし、どんなに辺りを見回してみても、庭にそれらしき姿はない。

「今、なにかいた、よね……」

震える声で呟くと、足元のロンディがクゥンと鳴き声を上げた。

「大丈夫だよ、ここまでは入って来られないから……」

爽良はロンディをあまり不安にさせないようにと、頭をそっと撫でてふたたび窓の外に視線を向ける。

しかしやはりなにも視えず、動くものといえば風に煽《あお》られる庭の木々のみ。

とはいえ、異様な気配は薄まることなく、爽良は固唾《かたず》を呑んでしばらく外の様子を窺《うかが》った。――そして。

「あれ……？　なにか、変……」

奇妙な感覚を覚えたのは、庭に不自然な風が吹き荒れた直後のこと。

見慣れているはずの景色に突如違和感を覚え、爽良はもう一度注意深く庭を見渡す。

――そのとき。

カサ、というかすかな物音とともに、木の影だと思い込んでいた黒いなにかが、ヌッと動きはじめた。

「っ……」

背筋がゾクッと冷え、声にならない悲鳴が漏れる。

同時に、さっき覚えた違和感の正体はこれだと、最初から木の影に潜んでいたらしいと爽良は察していた。

そんな中、動きだしたそれは、実際の木の影からゆっくりと分離し、ガクガクと全身を揺らしながら移動をはじめる。

それはかろうじて人の形をしているものの、体は一筆で描いた線のように細く、まさにただの影のような風貌《ふうぼう》だった。

しかし、本来なら目があるべき場所には二つの穴がポカンと空き、その奥からは表現し難いくらいの禍々《まがまが》しさが伝わってくる。

「あれは、なに……？」

あまりの不気味さに理解が追いつかず、爽良の思考はたちまち真っ白になった。

震えが伝染した窓ガラスが、カタカタと振動する。

それも無理はなく、爽良が今日に至るまで遭遇してきた数々の霊はどれも、一見すると生きた人間とそう変わらない姿をしていた。

なのに、目の前で動いている〝影〟は、その様相も不自然な動き方も、なにもかもが爽良の知る霊の概念から大きく外れている。

それは明らかに、これまで一度も遭遇したことがない類《たぐい》だった。

そして、影は輪郭の曖昧《あいまい》な体を少しずつ動かしながら、ゆっくりと正面玄関の方へと向かっていく。

建物の中へ入ってくる気なのだと、たちまち恐怖が膨れ上がった、そのとき。ふと、手首に奇妙な熱を感じた。

なんだか無性に嫌な予感がして、爽良はおそるおそる袖《そで》を捲《まく》り、思わず目を見開く。

なぜなら、手首にはくっきりと、身に覚えのない真っ黒な痣《あざ》が浮かび上がっていたからだ。

途端に脳裏に蘇《よみがえ》ってくるのは、いつか御堂から聞いた〝印〟のこと。

御堂は、まだ爽良が鳳銘館に住み始めて間もない頃、「霊に目を付けられると、手首とか足首とか、首って付く部位に変な痣を残されることがある」と教えてくれた。

やはりさっき目が合っていたのだと、そして目を付けられてしまったのだと、爽良はこれまで感じたことのない恐怖を覚える。

印を付けられたのは初めてではないが、今回の相手は過去と比べてあまりにも勝手が違い、どう対策すべきかなんて見当もつかなかった。

当然、意思の疎通を図れるとはとても思えない。

しかし、そうこうしている間にも影は確実に玄関に迫り、やがて、戸に向けて枝のように細い腕を伸ばした。

この部屋が安全とはいえ、得体の知れないモノを建物の中に入れるわけにはいかないと、爽良はなかばパニック寸前の頭を必死に働かせる。

その瞬間、咄嗟《とっさ》に思い浮かんだのは、碧の存在だった。

爽良はポケットから携帯を引っ張り出し、慌てて碧に電話をかける。

「──爽良ちゃん？　どした？」

爽良からの着信を珍しく思ったのだろう、碧はほんの数コールで出ると、緊張を帯びた声でそう尋ねた。

「碧さん……、なんだか視たことがない異様な霊が、建物の中に入ってこようとしていて……！」

「視たことがない？　どんな？」

「真っ黒で、なんだか影みたいで……、姿も顔もわからなくて、元々人なのかどうかすら……」

「あ……、なるほど。完全に自我を失くしちゃった系か」

「え……？　じ、自我……？」

「ともかく、かなり厄介だから追い返した方が……って言っても、今出先なんだよね。そんなのが平気でウロウロしてるってことは、吏もいないんでしょ？」

「御堂さんはいません……、礼央も……」

「急いで帰るから、少し待てる？」

「で、でも、もう玄関の前に……」

「とにかく、部屋からは出ないで。絶対」

「わ、わかりま——」

突如なにかが窓の外を横切ったのは、その瞬間のこと。

それは、言いかけた返事が思わず途切れてしまうくらいの、まさに息を呑《の》む程の素早さで目の前を駆け抜けて行った。

「爽良ちゃん？」

あまりの驚きに返事すらできず、爽良はそれが過ぎ去って行った方向に視線を向ける。

そして。

「スワロー……？」

ふいに覚えたよく知る気配で、ようやくその正体を察した。

「もしかして、スワローが来た？」

「は、はい……」

「よかった！……ってこともないか。大丈夫なのかな、あの子」

碧の意味深な言葉に、なんだか胸騒ぎを覚える。

しかし、爽良の心配を他所《よそ》に、スワローは勢いを緩めないまま一気に玄関の方へ突き進み、躊躇《ためら》う様子もなく影に向かって突っ込んで行った。

その瞬間、黒い影は大きく拡散し、まるで空気に溶け込むかのように辺りに散っていく。

一方、スワローは警戒を緩めず影が完全に消えるまで玄関前をぐるぐると回り、すっかり気配がなくなってからようやく足を止めた。

「あの……、スワローが突っ込んだら、影があっという間に消えちゃいました……」

爽良は衝撃的な光景に呆然《ぼうぜん》としながら、見たままを報告する。

すると、電話の奥で碧がほっと息をついた。しかし。

「とりあえず追い払えたならよかったけど、消えたわけじゃないよ。ああいう類は、めちゃくちゃしつこいから」

碧はさもわずらわしそうな口調で、そう呟《つぶや》く。

「消えないんですか……？」

「そう簡単にはね。爽良ちゃんが視たやつは、さっきも言ったように自我も記憶も全然なくて、いわば無念やら心残りだけが独立して彷徨《さまよ》ってる状態なの。もう誰になにを恨んでいたのかすら覚えてないから、そうなっちゃうと無理やり祓《はら》う以外に選択肢がなくて」

「そんな霊、初めて視ました……」

「滅多にいないよ。普通は、自我を失えば恨みも消えるからね。ただ、あまりに根深い心残りを抱えたまま長々と彷徨ってると、そういうのが出来上がっちゃうわけ。目を付けられたら大変だから、気をつけて」

「目を、付けられたら……って」

その瞬間、たちまち脳裏を過《よぎ》ったのは、手首に浮かび上がった痣。

全身から一気に血の気が引き、携帯を握る手にじっとりと汗が滲《にじ》んだ。

「ど、どうしよう、私……」

「うん？」

「手首に、痣が……」

「痣？……え、まさかそれって」

強い焦りを帯びた碧の声に、鼓動がみるみる激しさを増す。爽良は震える腕を持ち上げ、ふたたび手首を確認した。——しかし。

「あれ……？」

ついさっき手首にあったはずの痣は、どこにも見当たらなかった。

「印？　付いちゃってんの？　すでに？……ちょっ、やばいじゃない！　あんなのに付き纏《まと》われたら相当厄介なんだけど……！」

真っ白になった頭に碧の声が響き渡り、爽良はハッと我に返る。

「あ、あの、……碧、さん」

「なに？　どした？　まさかまた出た？」

「いえ、なんていうか……、痣が、……なくて」

「は？」

「さっきまであったはずなのに……、今は、どこにも」

「はぁ？　ちょっ、驚かさないでよ……！」

碧はそう言って、大きな溜《た》め息をついた。けれど、爽良自身にも、自分に起きたことがまったく理解できなかった。

「す、すみません……！　でも、見間違いじゃないんです、さっきは絶対に……」

「疑ってないってば。ともかく、消えたならよかったじゃない」

「だけど、私はなにもしてないのに……」

「じゃあ、興味の対象が他に移ったとか？　正直、あれ系の霊がなにを考えてるかなんて全然わかんないけど。まぁ自我がないぶん移り気なのかもね」

「興味の対象が、移る……」

「とりあえず、今から仕事の打ち合わせだからまた後でね！」

「す、すみません……！」

慌てて電話を切ったものの、爽良の心中は穏やかではなかった。

引っかかっていたのは、碧が切り際に言った、「興味の対象が移る」という言葉。

もしその予想が当たっていた場合、影が爽良から他に興味を移すとすれば、スワロー以外に考えられなかった。

「スワロー……？」

心配になってふたたび庭に視線を向けたものの、すでにスワローの姿はない。

「霊が霊に目を付けることも、あり得るのかな……」

ひとり言を零《こぼ》すと、ロンディが足元で不安げにクゥンと鳴いた。

本当は今すぐにでも確かめたいけれど、ただでさえ増えた気配のせいで多忙なスワローが、爽良の呼び出しに応じるなんてことはまずないだろう。

そうなると、考えられる手段は、スワローの現主人である御堂か、懐かれている礼央に協力してもらうこと。

とはいえ御堂の状況を考えるとなんだか言い辛《づら》く、爽良は携帯を取り出すとメッセージを開き、礼央にスワローのことで相談がある旨を送った。

間もなく届いた返信には、「できるだけ早く戻れるようにするから、待ってて」という一文。

忙しさを想像させる文面にたちまち申し訳なさが込み上げたけれど、「待ってて」という言葉を礼央の声で想像した途端、不安でどうしようもなかった気持ちが、ほんの少し落ち着いた気がした。


礼央が帰ってきたのは、二十時過ぎ。ほぼ同時刻に帰宅した碧にも声をかけ、爽良は二人を自分の部屋に通した。

ひとまず庭で起きた一連の出来事を報告すると、最初に反応したのは礼央。

「スワローが、妙な霊に目を付けられたってこと？」

わずかに焦りを帯びたその声に、爽良の胸がぎゅっと締め付けられた。

「わかんないけど、私に付いてたはずの痣《あざ》が突然消えたし、代わりにスワローが狙われちゃったんじゃないかって。……ごめん、礼央はずっとスワローのことを気にかけてたのに……」

俯《うつむ》くと、礼央は首を横に振る。

「なんで爽良が謝るの」

しかし、その表情にいつものような余裕はなく、礼央はすぐさま碧に視線を向けた。

「そもそもの疑問なんだけど、霊が霊を狙うなんてことあるの？」

すると、碧は少し考え、曖昧《あいまい》に首を捻《ひね》る。

「霊社会のことなんてあまり考えたこともないけど、なくはないんじゃないかなぁ……。現に、たくさんの魂や念がいっしょくたになったようなやつと、何度か遭遇したことがあるもの。それって、念同士が共鳴して自然に身を寄せ合ってる場合もあれば、一方的に取り込まれたっていう場合もあるんだろうし」

「あの……、もし、取り込まれてしまった場合は、どうなるんでしょうか……」

「うーん、わかんないけど、分離はなかなか難しいかもね。自我がしっかり残っていれば自力で抜け出してくる可能性もあるけど、時間とともにいずれは同化しちゃうだろうし。少なくとも、周りにできることはなにもないよ。傍《はた》から見たら、混ざった絵の具と同じだもの」

「そんな……」

混ざった絵の具という碧の表現は、いかに手の尽くしようがないかを秀逸に表していた。

すっかり言葉を失った爽良の背中を、碧が宥《なだ》めるように摩《さす》る。

「ただ、スワローはそう簡単に取り込まれたりしないと思うよ。そこらの霊とは精神力が段違いだし、そもそも霊を追い払う霊なんて稀有《けう》中の稀有だから」

「だといいですけど……」

「それに、まだスワローが目を付けられたって決まったわけじゃないでしょ？」

「そ、そうだ、それを確かめたくて……！」

途端に爽良の脳裏を過ったのは、この相談の本来の目的。

すると、察しのいい礼央は説明するまでもなく頷《うなず》いてみせた。

「印でしょ。会えたら確かめてみる」

「ありがとう……」

「ただ、前にも言った通り、しばらくスワローを見かけてないんだ。それに、こんなときに限って外での打ち合わせが多いし」

「わかってる。もちろん仕事を優先してほしい。……スワローは、会えたらでいいから。もちろん私も捜すし」

礼央はいつも平然として見えるけれど、いかに多忙であるかは改めて聞くまでもない。

礼央の名は、業界で屈指のスキルを持つフリーエンジニアとして知れ渡っており、爽良の前職であるIT企業でも、どんなに煩雑な発注でも平然とこなす依頼先として一目置かれていた。

しかし、礼央は爽良に気を遣わせないためか、忙しい素振りを見せることは滅多になく、だからこそ、今日のように忙しさを隠しきれていないときは、間違いなく作業が逼迫《ひっぱく》している。

爽良は、もどかしそうな礼央に慌てて笑みを繕った。

「大丈夫だよ、私も頑張ってみるから。それに、今の状況的に躊躇《ためら》ってたんだけど、やっぱり御堂さんにも話してみようかなって。スワローのことなら、きっと協力してくれると思うし」

そう言うと、礼央はやや不満げながらも頷く。――しかし。

「吏は、やめておいたほうがよくない……？」

突如、碧がそう口にした。

「どういう意味」

即座に尋ねた礼央に、碧はさも言い難《にく》そうに目を泳がせる。

「いや……、だって」

「なに」

「もちろん場合にもよるだろうけど……、吏はさ、祓《はら》っちゃうかもしれないじゃない……」

「祓う?」

「そう。……スワローのことを」

ふいに、爽良の心臓がドクンと大きく鼓動した。

「御堂さんが、スワローを、ですか……?」

確認するように聞き返すと、碧は躊躇いがちに頷く。

「だって、もしスワローが印を付けられてたなら、例の影は当然スワローを狙ってくるでしょ? それで万が一同化でもしようものなら、とんでもなく厄介な霊が誕生しちゃうわけだし、そうなったらもう取り返しが……」

「でも、同化するかどうかなんてまだ……!」

「でも、あの人は危険の種をいち早く取り除く主義だからさ……」

「相手はスワローですよ……?」

「……知ってるでしょ、吏の優先順位」

「…………」

知っているからこそ、それ以上なにも言えなかった。

もちろん、爽良は碧のように御堂を深く理解しているわけではないが、そんな爽良ですら言い切れるのは、御堂の中で霊の優先順位がおそろしく低いこと。

思えば、この世に留《とど》まる霊たちに対し、御堂がこれまで自らの意思で温情を見せたことはほとんどなかった。

それこそ、スワローと、行方不明の母親を除いては。

そんな御堂の考えは、なるべく成仏させてあげたいと願う爽良と対極であり、それを理由に、二人の間にはすでに何度も摩擦が生じている。

「……だから、そんなことを報告しようものなら、ややこしいことになるんじゃないかなって。もし吏が祓うって決めたときは、私たちがどんなに止めたところで、きっと聞かないよ」

「確かに、……そうかも、しれません」

碧の言葉に頷きながら、ふと、もし庄之助が止めたなら、御堂はきっと聞き入れるのだろうと爽良は思う。

庄之助の霊に対する考え方は爽良と同じだけれど、それでも御堂は庄之助を心から慕っていた。

おそらく御堂は庄之助に対し、そんな考えの違いすら超越するくらいの大きな信頼を寄せていたのだろう。

しかし、そんな庄之助は、もうこの世にいない。

そして、爽良は、自分がその役目を担うにはあまりにも力不足であると、嫌という程理解していた。

「だったら相談どころか、絶対に隠し通した方がいいです、よね……？」

語尾が小さくなった理由は、聡《さと》い御堂に隠し通せるのだろうかという不安から。

ただ、御堂の意識が母親捜しに向いている今は、普段に比べれば、まだ可能性があるように感じられた。

碧は逡巡《しゅんじゅん》するように黙り込んだ後、ゆっくりと頷く。

「正直、それがいいと思う。あくまで、スワローのことを優先したいならね」

そのかすかに含みのある言い方に、爽良の胸が小さく疼《うず》いた。同時に頭を過《よぎ》ったのは、忘れてはいけない重要なこと。

というのも、碧は爽良の意見を尊重して助言をくれているが、霊に対する根本的な考え方についてはニュートラルであり、どんな事情があっても最優先は人の命とする御堂の方針を否定しているわけではない。

強調されて一瞬ドキッとしたけれど、ただ、そのことを思い出したお陰で、自分の選択が必ずしも正しいわけではないという事実を再認識することができ、気持ちが引き締まった気がした。

「……わかりました。ちゃんと考えて行動します」

「まぁとにかくさ、影さえ追い払えればなんの問題もないわけだし、私もお世話になってる住職に相談してみるよ。だから、二人はスワローを見かけたら印がないか注意深く見ておいて」

「はい……、いつも本当にありがとうございます」

爽良が頭を下げると、碧は「堅い」と苦笑いしながら立ち上がり、ひらひらと手を振る。

「じゃ、戻るね。取引先がそろそろ年末進行だから、忙しくて」

「そ、そうだ、そういう時期ですよね……、すっかり相談に乗ってもらってすみませんでした」

「ううん。なにかあったら遠慮なく言って」

碧はそう言ってくれるけれど、いつもより気持ち足早に階段を上がっていく音が、忙しさを物語っていた。

途端に、礼央は大丈夫なのだろうかと不安が込み上げ、爽良はすぐに部屋に戻ると礼央の横に座る。

「ねえ、礼央の仕事にも年末の影響あるよね……？　最近忙しそうだなってわかってたのに、全然思いつかなかった……。しばらく曜日が関係ない生活送ってるせいか、社会の感覚を失くしちゃってたのかも……」

「は？　待って、急になに」

「なのに、いつも付き合わせちゃって、不穏な話ばっかりして、心労を増やしてごめ——」

最後まで言い終えないうちに片手で頬を挟まれ、中途半端に言葉が途切れる。するると、礼央はやれやれといった様子で首を横に振った。

「だから、そうやってすぐに謝るのやめて」

「……だ、けど」

「だいたい、変に気遣われて距離を置かれる方がよっぽど心労が溜《た》まるから」

「わ、……わかっ……」

このままでは反論ひとつ叶《かな》わず、爽良は渋々首を縦に振る。すると、礼央はようやく頬から手を離し、そのままそっと頭に触れた。

とくに珍しい行動でもないのに途端に心臓が跳ね、爽良は思わず目を泳がせる。

一方、礼央の表情はすっかりいつも通りだった。

「まぁ、しばらく外出が増えるし、忙しいのは事実だけど。でも、なにかあったら仕事中だとか考えなくていいから、すぐに連絡して。返事できないときは、こっちも無理しないから」

礼央はそう言ってくれるけれど、以前に比べれば、爽良の中で礼央に対する遠慮はずいぶん減っている。

それでも、なおもハードルを下げ続けてくれる優しさは、素直に心に響いた。

「うん。……ありがとう」

頷《うなず》くと、礼央はほっとしたように息をつく。そして。

「スワロー、大丈夫だといいけど」

まるでひとり言のように、そう呟《つぶや》いた。

その短い言葉から隠しきれない不安が伝わってきて、心が締め付けられる。

爽良はなかば衝動的に礼央の手を取り、ぎゅっと力を込めた。

「大丈夫。スワローのことは絶対になんとかする」

途端に、礼央の瞳《ひとみ》がわずかな驚きを映す。

それを見た瞬間一気に我に返り、咄嗟《とっさ》に手を離した──けれど。引っ込めた手は、すぐさま礼央の手に捕えられた。

「あまり張り切られると、逆に不安なんだけど」

「ごっ……」

「ご？」

「だ、大丈夫、控える。なるべく一人で庭を出歩かないようにするし、け、気配にも、集中するし」

「うん。……で、さっきの『ご』はなんだったの」

「言ってない。『ご』なんて」

「……あ、そう？」

無理に繕った平常心はいとも簡単に見抜かれてしまったらしく、礼央は堪《こら》えられないとばかりに笑う。

そんな、極めて珍しい礼央の姿を眺めながら、爽良は心の中で、言いかけた「ごめん」を、こっそりと「ありがとう」に変換した。

ようやくスワローを見かけたのは、三日後の夕方。

ランドリールームに向かって一階の廊下を歩いているとき、ふいに窓の外にスワローの後ろ姿を見かけ、爽良は急いで通用口から裏庭に出た。――しかし。

「スワ……」

思わず硬直してしまったのは、極めて異様な、かつ記憶に新しい気配に気付いた瞬間のこと。

無性に嫌な予感を覚え、咄嗟に周囲を確認した爽良は、思わず息を呑《の》んだ。

それも無理はなく、スワローの目線の先にあったのは、以前に庭で見かけた異様な影の姿。

反射的に身構えたけれど、影は前回とは一転して爽良にいっさいの興味を示さず、ただ穴が空いただけの空虚な目で、まっすぐにスワローを捉《とら》えていた。

標的はスワローらしいと、爽良はたちまち心配になり、ふたたびスワローの方へ視線を移す。――瞬間、真っ白い体の一部に黒く澱《よど》んだ箇所を見つけ、ドクンと心臓が鳴った。

前に爽良が付けられた痣《あざ》とは見た目が違うけれど、それが「印」であることは、この状況を見れば言うまでもない。

ただ、今は絶望感に浸っている場合ではなかった。

「スワロー……、お願い、逃げて……」

すぐにでもスワローを影から引き離さなければならないと、爽良は祈るような気持ちでスワローの名を呼ぶ。

しかし、スワローは逃げるどころか、身動きひとつしなかった。

おそらく、影を建物に近寄らせまいとしているのだろう、影がじりじりと距離を詰めても、頑として引く様子はない。

「駄目……、影から離れないと……！」

みるみる焦りが込み上げ、爽良は居ても立ってもいられず、スワローに向かって足を踏み出す。

しかし、スワローはそんな爽良にチラリと視線を向け、さも煩わしそうに唸《うな》り声を上げた。

あまり懐かれていない爽良ですら、そのときばかりは、スワローが言わんとすることが、手に取るようにわかっていた。

おそらく、「邪魔するな」と言いたいのだろうと。

しかし。

「スワロー、聞いて……。今危険なのは、スワローなんだよ……。それ以上近寄ったら、スワローが……」

爽良もまた簡単に引き下がるわけにはいかず、伝わってほしい一心で、その背中に向かって訴えかけた。

「今だけでいいから……、今だけは、私の言葉を無視しないで……！」

けれど、必死の願いも虚《むな》しく、スワローに聞き入れてくれる気配はない。

そして、その微動だにしない背中を見つめているうちに、――ふと、爽良の頭にひとつの推測が浮かんだ。

それは、スワローは自分が印を付けられたことも、爽良の訴えも、本当はすべて理解しているのではないかというもの。

それでもなお動かないのは、危険な存在を前にして、絶対に守るべき大切な存在が頭を過っているのではないかと爽良は考えていた。

というのも、スワローには、なにより大切にしているものが明確にある。

それは言うまでもなく、ロンディのこと。

普段べったりと寄り添うことはなくとも、スワローがいつだって一番にロンディを気にかけていることは、近くで暮らしていれば一目瞭然《りょうぜん》だった。

おそらく、この世に留《とど》まり続ける理由の大部分にも、ロンディの存在があるのだろう。

そう考えた途端、健気《けなげ》な思いに胸が締め付けられた。

「スワロー……、ロンディのことは、私も守るから……」

ロンディの名を出すと、スワローの耳が初めてピクッと反応する。

思った通りだと確信したものの、それでもスワローは動かなかった。

自分にそれだけの信用がないことを自覚しているぶん、爽良は強いもどかしさを覚える。

せめて礼央からの言葉なら少しは違っただろうかと思うけれど、礼央は外出中であり、今日も遅くなるという連絡が届いていた。

唯一影に対抗できそうな碧もまた、朝から外出している。

つまり、今の爽良には、ただただ無事を祈ること以外、できることなどなにもなかった。

そうこうしている間にも、影はガクガクと不気味な動きでゆっくりとスワローとの距離を詰める。

スワローの気配もかなり強いけれど、影が放つ禍々《まがまが》しさはそれをはるかに凌駕《りょうが》し、近寄るごとに周囲の空気が重く澱んだ。

「スワロー……、お願い……」

そんな中、爽良は届かないとわかっていながらも、必死に説得を続ける。

しかしその思いが届くことはないまま、——状況が望まぬ方向に変化したのは、それから間もなくのことだった。

これまでゆっくりと迫っていた影が、スワローのほんの数メートル手前で動きを止め、今度はその輪郭を大きく広げはじめる。

まるでマントを開いたかのような姿はあまりに異様で、その見たことのない姿に爽良の思考は真っ白になった。

かたやスワローはいっさい怯《ひる》むことなく、大きく唸り声を上げると同時に勢いよく駆け出し、影の中心へ向かってまっすぐに突っ込んでいく。――そして。

「スワロー……！」

爽良の叫び声が響く中、影はさらに大きく膨張し、まるで飛びかかってきたスワローを捕食するかのようにすっぽりと包み込んだ。

辺りは不自然なくらいに静まり返り、その場にあるのは小さく萎《しぼ》んだ黒い塊のみ。

スワローが取り込まれてしまった、――と。

爽良はみるみる込み上げてくる恐怖と絶望の中、目の前の光景をただ呆然《ぼうぜん》と見つめていた。

しかし、そのとき。

スワローを覆った黒い塊が、まるでもがき苦しむかのように形を大きく歪《ゆが》める。

同時に、辺りを埋め尽くしていた禍々しい気配の隙間から、ほんのかすかにスワローの気配を感じた。

「スワロー……？」

頭で理解するよりも先に、爽良の心の中には小さな希望が生まれていた。

やがて、蠢《うごめ》いていた黒い塊は、ぴたりと動きを止める。

そして、突如氷が溶けるかのように地面に大きく広がり、そのままじわじわと姿を消していった。

後に残ったのは、スワローのシルエットのみ。

「スワロー……！」

無事でいてくれたことに安心し、爽良は咄嗟《とっさ》に駆け寄った。――けれど。

違和感に気付いたのは、スワローが振り返った瞬間のこと。

スワローの目はどろりと濁り、焦点は定まっておらず、さらに、体に浮かび上がる印もまだはっきりと残っていた。

嫌な予感が込み上げ、爽良は思わず足を止める。

すると、スワローは、まるで自分の体の動かし方を忘れたかのようなぎこちない動作で、裏庭の奥へと走り去って行った。

ふいに頭を過ったのは、スワローは影に取り込まれてしまったのではないかという、一番考えたくなかった推測。

というのも、スワローの視線から伝わってきた禍々しさは、前に影に対して覚えたものとあまりにも似ていた。

ふと、碧が口にしていた「分離はなかなか難しい」という言葉が脳裏に蘇《よみがえ》り、不安と混乱が膨らんでいく。

爽良は大きな不安を持て余したまま、しばらくその場に立ち尽くしていた。

「それ、もっとも避けたかった展開じゃない……」

その後、碧と礼央の帰宅を待って裏庭での出来事を報告すると、碧はうんざりした表情を浮かべて天井を仰いだ。

覚悟はしていたけれど、その反応から希望を見出《みいだ》すことができず、爽良は深く俯《うつむ》く。

「やっぱり、同化しちゃったってことでしょうか……」

おそるおそる尋ねると、碧はさも言い難《にく》そうに眉間《みけん》に皺《しわ》を寄せた。

「まあ……、あくまで爽良ちゃんが見た状況から判断するなら、それ以外に考えられないっていうか」

「そう、ですよね」

「頼むから、そんなに落ち込まないで……。そもそも印を付けられてたんだったら、むしろ避けられなかった展開っていうか……」

いつもは直接的な言い方をする碧が必死に気を遣う様子が、逆に為《な》す術《すべ》がないことを物語っているようで苦しかった。

しかし、そのとき。

「でも、姿はスワローのままだったんでしょ。普通に考えれば、取り込んだ側の姿になりそうなものだけど」

礼央の呟《つぶや》きを聞いた碧が、小さく首を捻《ひね》る。

「確かに、それは少し変だよね。……なんでだろう。たとえば、両者の力がちょうど拮《きっ》抗《こう》してるとか？」

「だったら、まだ勝敗が決まってないって可能性、ない?」

「うーん……、霊の中でなにが起きてるかなんて、さすがにわかんないよ。ただ、もしスワローが優勢だったとしても、影と同化しちゃった以上これまでのスワローとは別物なんじゃないかな」

「もし勝負がついて、スワローが完全に影を取り込んだ場合は?」

「だから、わかんないってば……。霊同士のいざこざになんて、これまで興味持ったことないし」

「でも、可能性はゼロじゃないでしょ」

「しつこい。……だいたい、もしそうだとしても勝負がつくまでは時間がかかるだろうし、それまでに吏が気付いて瞬殺しちゃうよ」

「……………」

部屋がしんと静まり、碧が慌てて首を横に振る。

「あ、いや、ごめん。ちょっと言葉選びを間違えたっぽい……」

碧はそう言うけれど、「吏が気付いて瞬殺」という表現は、爽良が密《ひそ》かに懸念していたことをもっとも端的に表していた。

「確かに、そうかも」

礼央も頷《うなず》き、部屋の空気が重く沈む。

すると、碧はいかにも居心地悪そうに立ち上がった。

「えーっと、じゃあ、ひとまず私はスワローを影ごと一旦《いったん》封印しておく方法がないか、いろいろと探ってみるね。もし勝負がつくまで閉じ込めておければ、吏にも見つからないわけだし」

「可能性は？」

「いや、……ごめん、正直薄い。この前、お世話になってる住職に相談してみるって言ったでしょ？　あの後すぐに聞いてみたんだけど、影単体でも封印は難しいって言ってたから……。でも、とにかく方法を考えてみるから、それからまた相談しよ。今考えても暗くなるだけだし……」

気まずそうに去っていく碧を見ながら、爽良は肩を落とす。

すっかり追い込まれたこの状況はもちろんだが、協力的な碧に余計な気遣いをさせていることも、心苦しかった。

そんな中、爽良の心を過《よぎ》っていたのは、様子のおかしいスワローを目にしたときに生まれた、ひとつの不安。

「……正解って、なんなんだろう」

思わず口から零《こぼ》れ、礼央の視線が刺さった。

「……それ、スワローを祓《はら》うべきか否かって意味？」

察しのいい礼央によって正確に言葉にされ、途端に胸が苦しくなる。

爽良はやりきれない思いで、礼央と視線を合わせた。

「私は、スワローを祓うなんて絶対に嫌だって思う。けど……、あのとき視たスワローの気配があまりにも禍々しくて……、もし誰かに危害を加えたらって思うと、なんだか……」

思えば鳳銘館に来て以来、爽良の中で、霊の概念が大きく変わった。

なにより爽良に影響を与えたのは、霊たちの中には、少しの手助けによって浮かばれる存在があると知ったこと。

その事実は、爽良が幼い頃から抱えていた霊への恐怖心すらずいぶん払拭《ふっしょく》した。

そして、鳳銘館で当たり前に霊たちと関わっていくうちに情が湧き、今や、自分にできることはしてあげたいとか、困っているなら助けてあげたいという気持ちまでもが生まれている。

ただ、——場合によってはその感情が最悪な結末を招きかねないことも、御堂との意見の食い違いによって十分に理解していた。

霊とはそのほとんどが無念や心残りで成り立っており、なにをキッカケにどんな変化を遂げるかわからず、突如として危険な存在に成り果ててしまう可能性も十分にあると。

「御堂さんがスワローを祓うって判断した場合は、放っておけないくらい危険だってことでしょ……？　それに反発するってことは、他の誰かを危険に晒《さら》すってことに繋《つな》がって、たとえば、……もし、万が一だけど、礼央に——」

礼央になにかあったら、と。

言葉にすることすら怖ろしく、語尾が曖昧《あいまい》に途切れた。

しかし、一度浮かんだ想像は止まらず、爽良は小さく震えだした指先をぎゅっと握り込む。――すると。

「心配いらないよ。俺も、スワローも」

礼央はそう言い、感覚がなくなる程強く握った爽良の拳《こぶし》を、大きな手でそっと包み込んだ。

よく知る体温が伝わり、安心感からか涙腺《るいせん》が緩む。

爽良は慌てて涙を堪《こら》え、首を横に振った。

「大丈夫じゃないよ……。どうして言い切れるの……？」

油断すると涙が零れてしまいそうで、つい語調が強くなる。

しかし、礼央はむしろ余裕すら感じられる笑みを浮かべた。

「適当に言ってるわけじゃないよ。一個だけ、確信を持てることがあるから」

まだなにも聞いていないというのに、その穏やかな声が、爽良の不安を少しだけ落ち着かせる。

「確信……？」

「うん。だってさ、鳳銘館は、爽良が生きやすいようにって庄之助さんが遺言に残してまで用意してくれた居場所でしょ。そんな場所に、爽良がいずれ酷《ひど》く傷つくかもしれない不安の種を残していくなんて、考えられないから」

「不安の種って、スワローのこと……？」

「そう。爽良が可愛がることは十分想定してたと思うし、だったらなおさら、危険な霊になったら祓えばいいや、くらいの軽い気持ちじゃ託せないでしょ。そんなの誰でもトラウマになるよ」

「でも、スワローがこんなことになるなんて、全然予想してなかったかもしれないし……」

「何年もの間、霊を囲って暮らしてた庄之助さんに限って、そんなことある？」

「それは……」

確かに、礼央の言葉には説得力があった。

思えば鳳銘館に住むようになって以来、もちろん戸惑うことは数知れずあったけれど、以前のように自分を偽る必要はなくなり、ずいぶん穏やかに過ごせている。

そんな日々の中、生きやすいとはこういうことかと、自分に合った場所にいればこんなにも気持ちが楽なのかと、初めての感覚を知った。

それらはすべて庄之助の計らいであり、亡くなってしまった今ですら、時折かすかに感じられる庄之助の余韻に触れるたび、どれだけ気にかけてくれていたかを実感している。

そう考えると、礼央が言う通り、庄之助がいずれスワローを祓わねばならない可能性を残したままにするなんて、考えられなかった。

「だから、もしそうなった場合にも、なんらかの打開策があるっていう確信があったんじゃないかなって。それが、スワロー自身の精神力を信頼してのことなのか、御堂さんにもさすがにスワローは祓えないだろうっていう予想からなのか、それともまだ他にあるのか、……そこまではわからないけど」

「打開策……」

「とはいえ、庄之助さんが、自分がいなくなった後の御堂さんの変化をどこまで想定してたかわからないから、御堂さんとスワローの遭遇はできる限り避けたいけどね。打開策がスワロー自身にあるなら、いずれにしろ時間稼ぎは必要だし」

状況はなにも変わっていないというのに、礼央の言葉によって頭の中が少し整理され、涙もいつの間にか引っ込んでいた。

爽良は一度ゆっくりと息を吐き、気持ちを落ち着かせる。

「なら、私は明日またスワローを捜して、気配が変化してるかどうか確認してみる。もし、庄之助さんがスワロー自身の精神力を信じてたなら、明日には少し元に戻ってるかもしれないし」

しかし、礼央は少し考えた後、首を横に振った。

「いや、明日はちょっと待って。できれば、明日までは敷地内もあまり一人で出歩かないでほしい」

「え、でも……」

「俺、明日の打ち合わせさえ終われば、対面が必要なやつはひとまず落ち着くから。その後は部屋で仕事できるし、一緒にスワローを捜せる」

サラリとそう口にした礼央に、爽良は戸惑う。なぜなら、つい数日前に聞いた仕事の近況と、ずいぶん違っていたからだ。

「この前は、しばらく外出が多いって……」

「そうだったんだけど、日程をまとめたんだ。調整してくれた取引先にはいろいろ言われたけど、こっちも普段から散々無理を聞いてるし」

「礼央……」

ここ数日というもの、仕事に対してマイペースな礼央にしてはずいぶん帰りが遅いと思っていたけれど、外出を減らすために無理やり調整していたのだと知り、爽良は驚きを隠せなかった。

かたや、礼央はあくまで普段通りの様子で、携帯でスケジュールを開き爽良の方に向ける。

「ほら、明後日から当面外出予定なし。だから、明日はなるべく建物の中にいて」

見れば、確かに明後日以降のスケジュールは逆に不自然なくらいに空いていた。

とはいえ、爽良はそれを見て安心できる程、能天気にはなれなかった。

「ね、ねえ、いつも気遣ってくれて嬉《うれ》しいけど、私は礼央が心配だよ……。礼央はいつも簡単に言うけど絶対無理してるし、私のことなんてそこまで優先してくれなくても…

…」

　あまり自分を犠牲にしないでほしいという気持ちを込め、爽良は礼央を見上げる。

　しかし。

「そりゃ、するよ」

　礼央は躊躇《ためら》いもせず、あっさりとそう答えた。

「礼央……」

「なんてことないし」

　それは、普段の爽良なら即座に動揺してしまうような殺し文句だった。けれど、あまりにサラリと言い切られたせいか、逆に反応することができなかった。

　戸惑う爽良を他所《よそ》に、礼央は携帯をポケットに仕舞い、ごく自然な動作で爽良の頭を撫《な》でる。

「とにかく、俺らはスワローを信じるっていう方向性で行こう。それでいい？」

「…………」

「わかった？」

「……うん」

　ふいに礼央が見せた笑顔で、気持ちがふっと緩む。

　ここまでさせてしまっていいのだろうかという不安は拭《ぬぐ》えなかったけれど、それと同時に、そういえば礼央は昔からこうだったと、懐かしく思い出している自分がいた。

ただ、──小さな希望を見出《みいだ》したそのときの爽良は、少しも想像していなかった。

礼央のいない最後の一日、予想だにしない恐ろしい出来事が待っていることを。


はじまりは、昼前。

ギャン、とロンディのただならぬ鳴き声が響き渡り、一階の廊下の掃除をしていた爽良は急いで庭へ向かった。

そこで目にしたのは、とても信じ難い光景。

黒い痣《あざ》を全身に広げたスワローが、ロンディの体を地面に押さえつけ、今にも首元に牙《きば》を立てようとしていた。

「スワロー……！」

一気に血の気が引き慌てて名を呼ぶと、スワローはふいに動きを止め、どろんと濁った目を爽良に向ける。

そこに、かつてのスワローの気配はなかった。

「どう、して……」

昨日礼央と話して必死にかき集めた希望が、心の中で脆《もろ》くも崩れていくような感触を覚える。

ただ、明らかに禍々《まがまが》しいスワローの姿を見ても、心の中に湧いてくるのは恐怖ではなく、表現し難い程の寂しさだった。

「ロンディのことが、わからなくなっちゃったの……？」

そんな中、ロンディの名を口にしてもなお、スワローから動揺ひとつ伝わってこない。

ロンディは体をよじらせてスワローの拘束から抜け出し、わずかに距離を置いて小さくうずくまった。

それでも逃げようとしないところを見ると、おそらくロンディもスワローの行動に戸惑っているのだろう。瞳《ひとみ》を不安げに揺らしながら、スワローと爽良を交互に見つめてクゥンと鳴き声を零《こぼ》した。

とても見ていられず、爽良はスワローへ向かって一歩足を進める。――そのとき。

「近寄らないで」

背後から聞こえたよく知る声に、ドクンと心臓が跳ねた。

振り返ると、そこにいたのは、数珠《じゅず》を手にした御堂。

御堂はなんの感情も映さない目を、まっすぐにスワローに向けた。

そして。

「君は、見ない方がいいんじゃない？」

淡々と言い放たれた言葉で、背筋がゾッと冷える。

そのひと言は、御堂がこれからしようとしていることを明確に物語っていた。

「待ってください……。あれは、スワローですよ……？」

極度の緊張からか、声が大きく震える。

しかし御堂は爽良には目もくれず、はっきりと首を横に振った。

「正確には、元スワローだ」

「元って、そんな……」

「今は見ての通り、厄介な悪霊でしかないよ。──それに、元々こういう約束だったから」

「約束……？」

爽良の問いは、御堂が強く握りしめた数珠の音にかき消される。

そうでなくとも、御堂の目は驚くほど冷たく、そこに爽良の言葉が届く隙など少しも見つけられなかった。

あまりにも迷いのない御堂の圧に恐怖すら覚え、爽良は硬直する。

このままでは最悪の結末を迎えてしまうとわかっているのに、まるで思考を封じられてしまったかのように、頭の中は真っ白だった。

そんな中、スワローは御堂を睨《にら》みつけ低い声で唸《うな》る。

どうやら逃げる気はないようで、両者が向き合うやいなや、辺りをたちまちただならぬ殺気が包んだ。

そのとき、ふいに腕を引かれ、振り返ると碧と目が合う。

「碧、さん……」

かすかに希望が過《よぎ》ったけれど、碧は爽良から申し訳なさそうに目を逸《そ》らし、首を横に振った。

「もっと下がって。……残念だけど、もう止められないから」

「そんな……」

「吏は本気だよ。あんな状態のスワローを相手に、少しでも手を抜いたら自分が危険だもの」

「だけど……！」

「爽良ちゃんは頑張ったよ。でも、……ああなっちゃったらもう無理。放置して誰かが犠牲になったら、取り返しがつかないでしょ」

「……」

まさに昨日、自分自身が危惧《きぐ》していた不安を突きつけられ、爽良は言葉に詰まる。

確かに、大切な人たちに被害が及ぶことを考えれば、御堂や碧の決断が正しいことは抗《あらが》いようのない事実だった。

ただ、理屈でわかっていても、感情がどうしても追いついてくれない。

そうこうしている間にも、御堂はさらにスワローとの距離を詰める。

そんな御堂の後ろ姿をただ眺めながら、爽良の頭の中には、ふいに庄之助の顔が浮かんでいた。

頭を巡っているのは、庄之助ならこんなときどうしていたのだろうという思い。

ただ、御堂を説得するだとか、スワローを正気に戻すだとか、次々と浮かぶ手段は、どれひとつとして爽良には叶《かな》えられないものばかりだった。

自分はなんて無力なのだろうと痛感しながら、爽良は震える手をぎゅっと握る。

すると、そのとき。

「ワン！」

ひときわ大きな鳴き声が響いたかと思うと、――うずくまって震えていたロンディが、勢いよく駆け出し、正面から御堂に飛びかかった。

四十キロ近い巨軀《きょく》の衝撃をまともに受けた御堂はバランスを崩し、地面に倒れ込む。

すると、ロンディはその上に飛び乗り、突如、払い除《の》けようとした御堂の腕に思い切り牙を立てた。

たちまち、御堂が苦しげに顔をしかめる。

それでもロンディに離す気配はなく、むしろ、鼻先に深く皺《しわ》を寄せたその表情には、これまで一度も見せたことのない強い敵意が滲《にじ》んでいた。

爽良は突然のことに思考が追いつかず、呆然《ぼうぜん》とその光景を見つめる。

しかし、御堂のシャツにじわりと血が滲んだ瞬間に、途端に我に返った。

「ロンディ！　やめて……！」

爽良は慌てて駆け寄り、ロンディの胴体に両腕を回す。けれど、渾身《こんしん》の力で御堂から引き剝《は》がそうとしても、ビクともしなかった。

「ロンディ……！」

何度名を呼ぼうと聞こえているような素振りはなく、赤く血走ったその目にいつもの穏やかさは見る影もない。

それでも、なんとか正気に戻そうと、爽良はその体を強く抱きしめた——そのとき。

突如涙腺《るいせん》が緩み、視界が歪《ゆが》んだ。

決して、追い詰められて心が折れてしまったわけではない。

心に込み上げていたのは、恐怖でも、もちろん諦《あきら》めでもなく、ただただやりきれない思い。

ロンディは、なにを犠牲にしてもスワローを守りたいのだと、——そしてそれは、いつも気弱なロンディが主人の御堂に牙を剝《む》く程に強い思いなのだと、それをはっきりと思い知らされ、胸が痛くて仕方がなかった。

ただ、今は弱っている場合ではないと、爽良は最近めっきりもろくなった涙を拭《ぬぐ》い、ロンディの体を強く抱きしめる。

すると、そのとき。

キャン、と大きな鳴き声が響き、ロンディの体は爽良もろとも御堂に振り払われ、地面に叩《たた》きつけられた。

「爽良ちゃん！」

駆け寄ってきた碧に支えられ、爽良は体を起こす。

全身が鈍く疼《うず》いたけれど、痛がっている隙《ひま》などなかった。

なぜなら、視線を上げるやいなや爽良の目に映ったのは、腕の傷などものともせず、数珠を握ってふたたびスワローと対峙《たいじ》する御堂の姿。

もう、無理だと、ロンディにここまでさせてもなお止められないのなら、御堂に声は届かないと、心が絶望で埋め尽くされる。しかし。

そんな思いとは裏腹に、爽良は衝動に駆られるかのように立ち上がると、碧の手を振りほどき、スワローのもとへ向かっていた。

まるで体が勝手に動いているような奇妙な感覚に戸惑いながらも、爽良はスワローの前へ立つと、御堂へ向けて両腕を広げる。

「駄目、です……。近寄らないで……」

驚く程低い声が出て、御堂が小さく肩をすくめた。

「自分がなにやってるかわかってる？」

「はい」

「退《ど》いて。君の後ろにいるの、悪霊だよ」

「……嫌です」

そのときの爽良に、迷いはなかった。

御堂が言ったように、スワローに背を向けて立つことがどれだけ危険かを十分理解しているにも拘《かか》わらず、恐怖ひとつ湧いてこない。

むしろ、心も頭も奇妙なくらいに凪《な》いでいた。

御堂はいかにもうんざりした様子で爽良を睨む。

「あれだけ言ったのにまだ自覚ないの？　そういうところが甘いんだって」

「わかってます」

「わかってない。君は庄之助さんとは違うんだよ」

「それも、わかってます」

「……話にならない」

「――でも」

言葉を止めた瞬間、スワローの重々しい気配が背中に触れた。

それは驚く程冷たく、少しでも気を抜けば体ごと搦《から》め捕られてしまいそうな程の禍々《まがまが》しい圧があった。

目線の先では、碧が慌てた様子でなにかを呼んでいる。

おそらく、早く離れろと警告しているのだろう。

けれど、あまりに精神が昂《たかぶ》っていたせいか、爽良にその声は届かなかった。

爽良は御堂をまっすぐに見つめ、ふたたび言葉を続ける。

「……でも、私にはロンディの気持ちがわかります」

「綺麗《きれい》ごとが過ぎる」

「御堂さんにだって、わかるはずです」

「なに言ってんの」

「わかりませんか。たとえどんな姿になっても、傍にいてほしいっていう気持ち」

その瞬間、御堂の目に、明らかに動揺が滲んだ。

それは無理もなく、御堂は霊という存在を憎みながらも、地縛霊になった可能性のある母親の霊を捜し続けるという大きな矛盾を抱えている。

心のどこかで、御堂の母親捜しについて触れるのはタブーな気がしていたけれど、ロンディの覚悟を目の当たりにしてしまった爽良に、手段を選ぶ余裕はなかった。

「わからないなら、御堂さんは、どうして今も鳳銘館に居続けるんですか」

ふたたび、御堂の目が大きく揺れる。——そして。

「……もう、庄之助さんもいなくなったのに」

爽良がその言葉を口にすると同時に、御堂の手から数珠《じゅず》が滑り落ち、地面でジャラ、と音を立てた。

その表情は、まるで心だけどこかへ行ってしまったかのように空虚だった。

あまりに顕著な反応に、爽良の胸に鈍い痛みが走る。

しかし、後悔している暇などなく、突如、背後でスワローの気配が大きく膨張するような感覚を覚えた。

「爽良ちゃん、危ない……！」

我に返ると同時に、碧の声が耳に届く。

咄嗟《とっさ》に振り返った爽良の視界に映ったのは、今にも爽良に覆い被《かぶ》さらんばかりに輪郭を大きく広げた、黒い影。

もはやスワローの原形を止《とど》めておらず、それはむしろ、最初に庭で目にした黒い影の姿を彷彿《ほうふつ》とさせた。

影の中でなにが起きたのか爽良にはわからないが、その見た目から咄嗟に脳裏に浮かんできたのは、スワローが影に呑《の》み込まれかけているのではないかという推測。

その瞬間、全身から一気に血の気が引いた。

「スワロー……？」

名を呼ぶ声が、小さく震える。

心臓は、危険を警告するかのように忙《せわ》しなく鼓動を鳴らしていた。

けれど、そのときの爽良の心の中を埋め尽くしていたのは、このままでは取り返しがつかなくなるという強い焦り。

「爽良ちゃん……！　聞いてってば……！」

そのときの爽良は、焦りによってすべての感覚が麻痺《まひ》していて、もはや悲鳴に近い碧の声すらも、ずっと遠くで響いているように感じられた。

爽良は影を見上げ、ゆっくりと息を吐く。——そして。

「お願い……、思い出して」

そう呟《つぶや》くと同時に、目の前に立ちはだかる影を両腕でぎゅっと包んだ。

どうしてそんな行動に出たのか、爽良自身にもよくわからない。

ただ、少なくとも、投げやりな気持ちからではなかった。

爽良の体はたちまち凍える程の冷気に包まれ、視界には闇が広がる。

しかし、そんな明らかに救いのない状況にも拘らず、爽良がぼんやりと頭に思い浮かべていたのは、礼央の穏やかな表情だった。

会いたいと、ふと思う。

ただ、礼央ならきっと自らを犠牲にしてでも止めていただろうと、ならば今日はいなくてよかったのかもしれないと、冷静に考えている自分もいた。

やがて、想像が連鎖していくかのように、思い浮かべた礼央の背後に鳳銘館の庭の風景が広がる。

さらに、庭で走り回るロンディやその後を追う紗枝、脚立に乗り植木の手入れをする御堂や、そんな御堂に下から声をかける碧と、鳳銘館の面々の姿が次々と浮かび上がってきた。

そのいたって普段通りの光景に、影の気配の中ですっかり冷え切っていた心がじわじわと温《ぬく》もっていく。

おそらく、皆の気持ちがバラバラになってしまった後だからこそ、この穏やかな空気を心が欲し、無意識に想像してしまったのだろうと爽良は思っていた。

しかし、違和感を覚えたのは、間もなくのこと。

最後にその風景に加わったのは、まだそこに登場していなかったスワローかと思いきや、爽良の姿だった。

爽良はエントランスから餌箱を手に現れ、ロンディを撫《な》でると、紗枝の姿を見つけて笑いかける。

奇妙な夢ならこれまでに何度も見てきたけれど、こんなふうに自分の姿を見たことはなく、とても不思議な感覚だった。

しかし、そのとき。

突如、目の前の爽良が辺りを見回したかと思うと、俯瞰《ふかん》で見ていたはずの爽良にまっすぐに視線を向ける。

そして、少し緊張した面持ちで、小さく手を振った。

途端にロンディも嬉《うれ》しそうに尻尾《しっぽ》を振り、紗枝は爽良の背後に隠れる。

その瞬間、今爽良が見ているこの視点はもしかして、――スワローのものではないだろうかと、そんな推測が頭を過った。

そう考えれば、皆と少し離れたこの距離感にも納得がいく。

同時に、この影の中にはスワローの意識がまだ残っているのだと、爽良は確信していた。

ただ、爽良がなにより驚いていたのは、スワローから見た鳳銘館の日常風景が、あまりにも優しかったこと。

スワローはいつも素っ気ないけれど、こんなふうに見守ってくれていたのだと思うと、胸がぎゅっと締め付けられた。――そして。

――スワロー、……帰ろう。

強く込み上げた思いが声になり、周囲に大きく響く。

それは、辺りに繰り返しこだまし、長い余韻を残した。

そして、声がすっかり消えゆく寸前、それに代わるかのように、どこからともなく小さな鼓動が響きはじめる。

これはきっとスワローのものだと、不思議と爽良にはわかっていた。

ただ、その音はあまりに不安げで、いつも凛《りん》としているスワローの姿からは想像がつかないくらいに弱々しい。

その瞬間、――スワローは本当は不安なのかもしれないと、これまで考えもしなかった推測が頭を過った。

賢いスワローは自分とロンディとの違いを十分理解しているはずで、心の奥底ではこの世に留《とど》まり続けることに疑問を持ち、いつか脅威となってしまう可能性を怖れていたのではないかと。

もちろん、スワローが爽良にそんな素振りを見せたことは一度もない。

けれど、そう考えた途端、なんだか、初めてスワローの心の深いところに触れられた気がした。

——大丈夫、だよ。

込み上げる衝動のままに思い浮かべた言葉が、ふたたび辺りに大きく響く。

——ここは、スワローの居場所だから。

伝えたのは、かつて生きにくさを感じていた爽良を救った言葉だった。

御堂に無責任な発言だと呆《あき》れられることはわかっていたけれど、手を差し伸べると決めた爽良に迷いはない。

なにより、裏庭で大勢の霊たちを追い払うスワローの姿を目にし、これまでどれだけ皆を守ってくれていたかを改めて痛感した爽良には、もとから見放す選択肢なんてなかった。

爽良は自分の言葉が届くと信じ、さらに心の中で語りかける。そして。

——だから、お願い。影なんかに、負けないで……。

強い願いを込めた、そのとき。

突如、冷え切っていたはずの空気が、ふわりと緩んだ。

それと同時に視界から鳳銘館の風景が消え、まるで強い光に照らされたかのように、すべてが真っ白になる。

なにも見えず、なにも感じず、自分がどうなってしまったのか、爽良にはまったくわからなかった。

ただ、ふと気付けば、あんなにも禍々《まがまが》しかった影の気配もまた、どこにも見当たらない。

やがて次第に頭が朦朧《もうろう》としはじめ、爽良は消えゆく意識にしがみつくような気持ちで、スワローの気配を探した。

――目を覚ましたら、会えるよね……？

なんにもない中に響き渡った、切実な問い。

それを境に意識は途切れてしまったけれど、最後の最後でほんの一瞬、ふわふわと柔らかい感触に包まれたような気がした。

不思議な、夢を見た。

現れたのは、まだ幼いロンディと並んで歩く、庄之助の姿。その背後には、おぼつかない足取りで後を追う、すでに実体のないスワローの姿があった。

庄之助はときどき後ろを振り返りながら、どこか戸惑っている様子のスワローを見て優しく目を細める。

そして。

『――自由に羽ばたけるような、いい名前を付けてやろう』

そう言ってふと足を止め、その場にしゃがみ込んで二頭を順番に撫でた。

『だから、一番心地いいと思う場所を、自分の居場所にしなさい』

その途端、庄之助をじっと見上げるスワローの瞳《ひとみ》にほんの一瞬だけ、まるで宝石のような光が宿る。

爽良はその光景を眺めながら、これもスワローの記憶の続きかもしれないと、ぼんやりと考えていた。


目が覚めて最初に覚えたのは、頬を舐《な》められる感触。

かすかに瞼《まぶた》を開けると、ぼんやりと白い毛並みが見えた。

「ロンディ……？」

まだ曖昧《あいまい》な意識の中、爽良はその首元にゆっくりと手を伸ばす。

しかし、手を彷徨《さまよ》わせても予想していた手触りはなく、代わりに触れたのは、少しひんやりとした、妙に曖昧な感触だった。

そして。

「ロンディじゃないよ」

ふいに響いたよく知る声で、ようやく頭が覚醒《かくせい》する。

ガバッと上半身を起こすと、そこは自分の部屋で、ベッド脇に座る礼央がほっとしたように息をついた。

「あれ……？　なん……」

窓の外を見ればすっかり日が落ちていて、たちまち頭が混乱する。

ただ、今はそんなことよりも、ベッドに両前脚をかけて爽良の顔を覗《のぞ》き込むスワローの姿に、ただ戸惑っていた。

「ス、スワロー……？」

言うまでもなく、スワローがここまで爽良に接近したことはない。

今もまだ夢の続きなのではないかと、凜とした瞳に射貫《いぬ》かれながら、爽良は呆然《ぼうぜん》とそんなことを考えていた。

しかし、スワローはしばらく爽良を見つめた後、まるで子犬にするかのように、ぺろりと頰を舐める。

「え、ちょっと待っ……、現実……？」

ほんのりと伝わるその感触が夢ではないことを証明していて、爽良の頭はさらに混乱を極めた。

礼央はそんな爽良を見て、小さく笑う。

「懐かれたね」

「え、懐……」

「ずっと付いていたよ、爽良の傍に」

「スワローが……？」

「恩人だって思ってるんじゃないかな」

そう言われて頭を過《よぎ》ったのは、今日の壮絶な出来事。

ただ、爽良の記憶は、影の中に吞《の》まれてしまって以降曖昧に途切れていた。

「あれから私、いったい……」

　必死に記憶を辿《たど》ると、少しずつ蘇《よみがえ》ってくるのは、強引にスワローを祓《はら》おうとした御堂や、その御堂に牙《きば》を立てたロンディの姿。

　思い出すやいなや全身に震えが走ったけれど、ただ、知りたいことのほとんどは、目の前にスワローが存在しているという事実が物語っていた。

「スワローは、祓われずに済んだってこと、だよね……」

　詳細はわからないにしろ、ひとまず一番の気がかりが解消し、爽良は少しだけ落ち着きを取り戻す。

　すると、礼央がゆっくりと口を開いた。

「碧さんから聞いた話だけど、御堂さんはスワローを祓うのを諦《あきら》めたみたい」

「そっか、よかった……。それって、スワローの精神力が影に勝ったってことだよね……？」

「それが、通常は一度同化した魂を分離するのは難しいらしくて、ほとんどの場合は奥に潜んだままなんだって。だから、その場合は油断できないってことで、御堂さんの基準なら祓うらしいけど」

「だったら、どうして諦めたの……？」

「そこなんだけど、さっきのはあくまで通常の話で、今回に関しては、影の気配が完全に消えてるみたい。あり得ないことなんだけど、実際どんなに探ってもまったく残ってないらしくて。……碧さんは、爽良が祓ったんじゃないかって言ってたけど」

「え……？　なに言っ……」

あまりに荒唐無稽《むけい》な話に、爽良はポカンと口を開ける。

しかし、礼央の表情はいたって真剣で、冗談を言っているようには見えなかった。

「碧さんの話だと、爽良が影に呑まれてしばらくした後、影の姿が気配ごと跡形もなく消えて、その場にスワローと爽良だけが残ってたんだって。碧さんも御堂さんもなにもしてないから、状況的に、爽良がなにかしたとしか考えられないって言ってた」

「待っ……、私にそんなこと出来るわけが……」

「できるんじゃない？」

「礼央まで、そんな……！」

「だって、庄之助さんの孫だし」

「さすがに無理があるよ……！　私には影になにかした自覚なんてないし、記憶すらないのに……！」

「でも、状況証拠がさ」

そう言われても到底納得し難く、爽良は頭を抱える。

すると、しばらく大人しくしていたスワローが、爽良の頬に鼻先を擦り寄せ、小さく鳴いた。

「スワロー……？」

「落ち着けって言ってるんじゃない？」

「わ、わかるの？」

「いや、さっきから爽良のことを子犬みたいに扱ってるから」

「た、確かに、ちょっとそう思ったけど……、どうして子犬……」

「気を許したものの、手がかかるっていう見解だけはそのまんまなんでしょ」

「それは、否定できない、けど」

スワローの顔を間近で見ると、これまでよりもほんの少し、目つきが柔らかくなったような気がした。

慣れないせいか戸惑いも大きいけれど、爽良はぎこちない動作でその頭を撫《な》でる。

「……本当に、よかった」

なかば無意識に零《こぼ》れた呟《つぶや》きが、部屋にぽつりと響いた。

すると、礼央がふいに爽良の手に触れる。そして。

「爽良、ありがとう。スワローを救ってくれて」

突然の改まったお礼に、爽良は思わず動揺した。

しかし、礼央は爽良から視線を外すことなく、さらに言葉を続ける。

「傍にいられなかったことは悔やまれるけど、俺がいたら、きっと意地でも爽良を止めてたと思うし、そうしたらスワローはここにいなかったと思う」

「礼央……」

確かに、自分も影の意識の中で似たようなことを考えていたと、爽良はあのときの気持ちを思い返して密《ひそ》かに納得していた。

もし自分がスワローを庇《かば》っていなかったなら、おそらく違う未来になっていただろうと。

ただ、爽良の行動は明らかに無謀であり、一歩間違っていれば救いのない結末を迎えていた可能性も十分にあった。

「でも、結果的にスワローも私も無事だったからよかっただけで、正直奇跡だと思ってるよ……。すぐ我を忘れてしまうところ、直さないと……」

俯《うつむ》くと、礼央は爽良の手を握る手にぎゅっと力を込める。

よく知る体温が伝わり、なんだか気持ちがふわっと緩んだ。――そして。

「それに、あのとき私、礼央がいてくれたらいいのにって思ってたよ。……なんか、あまりにも、悲しくて」

込み上げるままに、心の奥にあった思いが零れる。

礼央は少し驚いた様子で、小さく首をかしげた。

「悲しい？」

「うん。迷いなくスワローを祓おうとする御堂さんも、そんな御堂さんに噛《か》み付いたロンディのことも。……見てられないくらい悲しくて、心細くて、今礼央がいてくれたらいいのにって、ずっと考えてた」

あまりにも素直でストレートな言葉が次々と溢《あふ》れ、一番驚いていたのは爽良自身だった。

ただ、命の保証もないくらいの危機を脱した後だからか、恥ずかしさも躊躇《ためら》いもなかった。

「礼央がいると、なんだかいつも上手《うま》くいくような気がして」

「爽良」

「だからか、辛《つら》くなると真っ先に礼央のこと思い出しちゃっ——」

突如背中に両腕が回され、語尾が途切れる。

一気に頬が熱を上げたけれど、ふと、礼央の手がかすかに震えていることに気付き、爽良も思わず礼央の背中に手を回した。

「心配、かけたよね……、ごめん……」

「前程は心配してないよ。霊を祓ったなんて、妙に頼もしい話聞いたから、尚更《なおさら》」

「そんなの、本当かどうかもわかんないのに……」

「ただ、俺がいなくても大丈夫になってくの、思ったよりきついなって思ってたから、さっきの言葉に少しほっとしてる」

これまでにない弱気な言葉に、ドクンと心臓が揺れる。

驚きで反応できずにいると、礼央は少し体を離した。

「ごめん。変なこと言った」

その口調はすっかりいつも通りで、けれど無理に戸惑いを隠しているようでもあり、途端に胸が締め付けられる。

気付けば、爽良は離れていく礼央のシャツをぎゅっと握りしめていた。

「爽良？」

「ごめん」

「……うん？」

「あの、もう少し」

もう少しだけ離れないでほしい、と。

込み上げた思いは上手く言葉にならなかったけれど、ふたたび礼央の体温に包まれ、きちんと伝わったことを察する。

自分らしからぬ大胆な行動には戸惑いもあったけれど、気付けば礼央の手の震えは止まっていて、爽良はほっと息をついた。

そして、礼央から、――爽良が孤独でないことを証明し続けてくれた礼央から、なにも失わせたくないと、爽良は改めて思っていた。

この場所も、スワローも、自分のことも。

翌日。

昨日のことを話したくて御堂を探したものの見当たらず、行き着いたウッドデッキでひと休みしていると、間もなく碧と礼央が顔を出した。

碧は、ある意味予想通りというべきか、昨日の緊張感が嘘のようなカラッとした笑顔で爽良の横に座る。

「ねえ昨日のアレ、凄《すご》かったね。爽良ちゃんが影に突っ込んだときはもう終わった……！　って思ったのに、その後サラッと生還するし、その上に影を祓《はら》うなんて、もはや陰陽師《おんみょうじ》じゃない」

「いえ、私にも、なにがなんだか……」

興味津々とばかりに身を乗り出す碧に戸惑っていると、即座に礼央が碧の腕を摑《つか》み後ろに引いた。

「碧さん、終わったとか生還とか、そういう物騒なことをさも楽しそうに言わないでくれる」

一方、碧は眉間《みけん》に皺《しわ》を寄せ、面倒臭そうに礼央の手を払い除《の》ける。

「結果的に無事だったんだから、別にいいじゃない」

「にしても、言葉選びが酷《ひど》すぎる」

「怒るのは相手が爽良ちゃんだからでしょ。他の人になに言ってても、別にどうでもいいくせに」

「だったらなに」

「開き直るとか、タチ悪――」

「やめてください……！」

いきなり二人の穏やかでない応酬が始まり、爽良が慌てて止めに入ると、礼央は大人しく席に座り、碧は苦笑いを浮かべた。

「ごめんごめん。つい興奮しちゃって。なんだか爽良ちゃんって、実はいろいろと秘めた能力を持ってそうだよね」

「碧さん、ですから私は……」

「自覚ないんでしょ？　だとしても、すごいものはすごいから」

「………」

そこまで言い切られると返す言葉がなく、爽良は黙って俯く。

そもそも、そういうことに関してほとんど知識がなく、碧の言う「すごい」の判断基準すらわからない爽良は、困惑するばかりだった。

しかし。

「それってつまり、その能力の伸ばし方によっては、厄介な霊から自分の身を守れるようになるかもしれないってこと？」

ふと礼央が口にした問いで、爽良は思わず顔を上げる。

爽良の頭を過《よぎ》っていたのは、日々痛感している、ただ守られるだけの存在でしかない自分に対する情けなさ。

ごく最近で言えば、多くの霊を追い払うスワローの姿を目の当たりにしたときに、自分にもあれくらいの力があれば誰にも苦労をかけずに済むのにと、心から思った。

しかし、密かに期待を持つ爽良を他所《よそ》に、碧は険しい表情を浮かべる。

「まぁ理屈ではそうなんだけど、ただ、霊はそういう能力を持つ人間に敏感だし、下手に能力を伸ばしでもすれば、余計に面倒なやつが寄ってくる可能性もあるなって。……向こうはどうしても、救ってくれるんじゃないかって期待するでしょ。中には乱暴な手を使う霊もいるから、むしろ今以上に危険になる可能性もあるかも」

「今以上、ですか」

「だから昨日みたいに、無意識に祓えちゃった、くらいで丁度いいのかもね」

そんな話を聞いてしまうと、爽良にはもう追い払えるようになりたいなんて安易に口にできなかった。

「つまり、なんの解決にもならないってことですよね。追い払えるようになっても、余計に寄り付かれていたら終わりがないですし」

「まぁ、ただでさえその体質だしね」

「結局、私はこれからも皆に守ってもらい続けなきゃいけないってことか……」

思っていたよりも沈んだ声が出てしまい、礼央と碧がふいに顔を見合わせる。爽良は慌てて笑みを繕い、首を横に振った。

「あの、今のは卑屈な意味じゃなくて、自分にももっとやれることがあればいいのにっていうただの希望です……。誰かを守りたいなんて烏滸《おこ》がましいと思ってるけど、ついそんな理想を――」

言い終えないうちに足元に柔らかい感触が伝わり、思わず言葉が途切れる。

驚いて視線を向けると、いつの間に姿を現したのか、スワローが爽良をまっすぐに見上げていた。

「スワロー……？」

手を差し出すと、スワローは一度ぱたんと尻尾《しっぽ》を振り、鼻を擦り寄せてくる。そのとき。

「助けたじゃん」

ふいに、礼央がそう口にした。

「え？」

「って、言ってるよ。スワローが」

「スワローが、私に？」

ふたたび視線を向けると、スワローはまるで肯定しているかのようにゆっくりと瞬《まばた》きをする。

その目は昨日と変わらず穏やかで、爽良はスワローの前に膝《ひざ》をつき、その背中を撫《な》でた。

大人しく撫でさせてくれるなんていまだに信じ難いけれど、いつまで経っても立ち去る気配はなく、本当に心を許してくれたらしいと次第に喜びが込み上げてくる。

「いつも助けてもらってたのは私の方なのに。昨日の一回きりで……」

ついと思ったままを呟《つぶや》くと、スワローは爽良の頬をぺろりと舐《な》めた。

それを見た礼央が小さく笑う。

「動物は変な気遣いしないぶん、俺が言うよりよっぽど伝わるでしょ。爽良がどんなに否定しても、スワローは爽良に感謝してるんだよ」

「礼央……」

「だから、認めれば？　せめてスワローの前では」

「……うん」

躊躇《ためら》いながらも頷《うなず》くと、スワローはふたたび尻尾をぱたんと振る。

その控えめな感情表現がなんだか愛《いと》しく、爽良はたまらずその背中に両腕を回した。

気配はひんやりとしているけれど、かすかな毛並みの柔らかさが伝わってくる。

「スワロー、ありがとう」

呟くと、スワローの耳がピクッと揺れた。

その反応はロンディとよく似ていて、爽良は思わず笑う。

しかし、それと同時に、ロンディについての気がかりを思い出した。

「そういえば、ロンディの元気がなかったけど、大丈夫かな……」

爽良の頭に浮かんでいたのは、今朝のこと。

いつもなら、餌を持って行くと勢いよく飛びかかってくるのに、今日はやけに大人しく、明らかに様子がおかしかった。

「え、あのロンディが？　元気ないなんてことあるの？」

碧にとっても意外だったのだろう、目を大きく見開く。

「はい。ただ、餌は食べてますし、とくに痛いところがあるような様子もなくて」

「単純に、元気だけがないんだ？」

「そうなんですけど、こんなこと滅多にないから心配で」

口にするごとに不安になり、爽良は視線を落とす。しかし。

「でもさ、もしロンディになにか深刻なことが起きてるとしたら、スワローが傍を離れるなんてあり得なくない？」

ふと碧が口にした言葉には、これ以上ないくらいの説得力があった。

「そう言われると、確かに。ねえ、スワロー、ロンディは平気なの？」

早速問いかけると、スワローはなんだか意味深に目を細める。

その反応にはかすかな戸惑いが滲《にじ》んでいる気がして、途端に爽良の脳裏にひとつの可能性が過った。

「もしかして、昨日のことでロンディと喧嘩《けんか》した……？」

爽良はなかば確信的な気持ちで、スワローを見つめる。

しかし、スワローに反応はなく、ただ小さく瞳《ひとみ》を揺らした。――そのとき。

「――昨日のことでスワロー的に微妙になったのは、ロンディよりも御堂さんとの関係じゃない？」

　しばらく黙って聞いていた礼央が、ふとそう口にした。

　見上げると、礼央はさらに言葉を続ける。

「事情はともかく、祓《はら》われそうになったわけだし。ついでに言えば、ロンディの方は飼い主を噛《か》んだことに落ち込んでる気がする」

　それを聞くやいなや頭に蘇《よみがえ》ってきたのは、見たことがないくらいの剣幕で御堂に襲いかかるロンディの姿。

　皆が無事だったことばかりに気を取られてすっかり忘れていたけれど、ロンディはあのとき、スワローを庇《かば》うために御堂の腕に思い切り牙《きば》を立てた。

　スワローを守ろうと、追い詰められた故の行動だったのだからやむをえないと思うけれど、ロンディの優しさを思うと、礼央の推測は妙にしっくりくる。

「確かに、そんな気がしてきた……」

「ね。でも、もしそうなら放っておいても大丈夫だと思うよ。この子らと御堂さんは付き合いが長いんだし、人間みたいに変に拗《こじ》らせたりもしないだろうから、そのうち戻るでしょ」

「そう、かな」

「俺は別に、御堂さんが嫌われるぶんにはどっちでもいいけど」

　付け加えられたひと言はともかく、礼央が言うと妙に安心感があった。

ただ、そっちの心配がひとまず落ち着いたところで、今度は御堂が負った怪我のことが気になりはじめる。

「それで、御堂さんの怪我は大丈夫だったのかな……。私、今日は朝から一度も会えてなくて」

尋ねたものの、どうやら礼央も見かけていないらしく、首を横に振って碧に視線を向けた。

しかし、碧はたいして考えもせずに頷く。

「確かに結構がっつり噛まれてたけど、別に大丈夫みたいよ。無理やり病院に行かせたしね。まあ、その後の報告はまったくないんだけど」

「そうですか……。病院に行ったなら、とりあえずは安心ですね」

「うん。ただ、怪我はともかくさ——」

ふと嫌な予感を覚えたのは、碧の声色が意味深に変化した瞬間のこと。

視線で続きを促すと、碧はどこか言い難《にく》そうに口を開いた。

「なんていうか、……昨日のことは、吏にとっても希望になったんじゃないかって思って」

「希望、ですか」

「そう。霊がたとえ悪霊と化しても、無害な状態に戻れるっていうパターンを知っちゃったわけでしょ？　理屈や方法がわからないにしろ、その事実をスワローの存在が証明してるし」

「それは、そうですが……」

「……で、吏のお母さんはさ、悪霊化してる可能性が高いって前に言ったじゃない？　なにせあの死に方だし、今もまだ彷徨《さまよ》ってるなら尚更《なおさら》」

そこまで聞いて、爽良はようやくこの話の行き着く先を察する。

「つまり、杏子さんを救える希望が持てたってことですか……？」

続きを待てずにそう言うと、碧は頷きこそしたものの、希望という言葉の響きとは裏腹に、酷《ひど》く険しい表情を浮かべた。

「だとして、なんで碧さんが不安げなの」

礼央も引っかかったのだろう、即座にそう尋ねる。

すると、碧はさっきまでの曖昧《あいまい》な笑みをスッと収めた。

「いや……、もしお母さんの魂を見つけたら、どうするんだろうって」

「どうするってなに」

「だから、たとえ悪霊だったとしても、……どんなにやばい霊になり変わってたとしてもさ、もう祓えないじゃない。──吏には」

「…………」

意味を理解し、爽良の背筋がゾクッと冷える。

続きを聞くための覚悟が、明らかに不足していた。

しかし、碧はふたたび口を開く。

「吏がお母さんを見つけた後にどうする気だったのかは知らないけど、極論、無害なら浮かばれるよう供養するか、悪霊ならせめて自分の手で祓うか、どっちかしかなかったわけでしょ？　少なくとも、これまでは」

「碧、さん……」

「でも、可能性を見出《みいだ》したことで後者の選択肢が揺らいじゃうじゃない。つまり、もしお母さんが悪霊になってたとしても、希望があるんだからなんとか保護しようって考えるかもしれないでしょ？……でも、悪霊の性質上保護なんて難しいし、無理にそんなことしたら周囲に被害が出るだろうし、そしたらいずれは限界がきて……。そうなると、希望を持っていながらも、もはや祓う他なくなるじゃない。相手はお母さんなのにさ、それってあまりにも救いがないっていうか……」

「………………」

「やること自体は変わらなくても、曖昧な希望を持っちゃったぶん苦しさが全然違うよね」

爽良はもはや相槌《あいづち》も打てず、頭の中では、碧が淡々と口にした内容が延々と回っていた。

確かに、そんな希望はむしろ残酷だと、考える程に胸が苦しくなる。

そんな中、碧はさらに不穏な言葉を口にした。

「そう考えるとさ……、吏は私たちを意識的に避けてるんじゃないかって思えてこない……？」

「どういう、意味ですか」

「だから……、顔を合わせ辛《づら》いくらいやばいことを考えてるんじゃないかって」

「…………」

「……真相は、わかんないけど」

ふいに眩暈《めまい》に襲われ、咄嗟《とっさ》に礼央が爽良の肩を支える。

「爽良」

「ごめん、……大丈夫」

「碧さんの話はあくまで仮説だよ。杏子さんの魂はまだ見つかってないし、そもそも見つかるかどうかもわからないんだから、今からそんなに深く考える必要ない」

「うん。……わかってる」

わかっている、――けれど、と。

後に続いた言葉は、怖くて口に出せなかった。

爽良は一度落ち着こうと、ゆっくりと深呼吸をする。――しかし。

一度覚えてしまった不安はただただ広がり続け、いつまで経っても拭《ぬぐ》うことができなかった。

第二章

今のは人だろうか、それとも霊だろうか。

子供の頃の爽良は、知らない顔を見かけるたびにそうやっていちいち警戒していた。

霊という存在は多種多様であり、――これは鳳銘館に住むようになって察したことだが、どんな人生だったか、そしてどんな最期だったかによって、見た目だけでなく気配も大きく変わるらしい。

ただし、その多くは一見して人間とほぼ変わらず、そして巧妙に人に紛れ込んでいる霊程、厄介だったりする。

だからこそ、爽良には、ずいぶん直感が研ぎ澄まされた今でもなお、知らない顔を見ると無意識に判別しようとする癖があった。

今のは人だろうか、それとも霊だろうか。

こうも判断に迷ったのはいつぶりだろうと思いながら、爽良は玄関ホールの角に身を隠し、一階の廊下を歩く男の様子を窺《うかが》っていた。

　普通に考えれば、住人以外は滅多に立ち入らない鳳銘館の中での判別は容易《たやす》いはずだが、いまだに住人の多くと顔を合わせていない爽良には、知らない顔をイコール霊だと決めつけることはできない。

　そして、判断しかねていた最大の理由は、男の気配が霊としては不自然な程に希薄だったことと、その薄い気配の中に、人しか持たない生命力と霊だけが纏《まと》う空虚さが奇妙に同居していたことにあった。

　爽良は目を離さないよう、男の後ろ姿を目で追う。すると、男は廊下の最奥にある一〇一号室の前で足を止めた。

　咄嗟に思い浮かべたのは、すでに暗記済みの住人名簿。

　名簿の通りなら、一〇一号室には現在園宮《そのみや》という名の、三十代後半の男が入居している。

　ただし、園宮は鳳銘館の多くの住人がそうであるように、他にも住居を持っているらしく、爽良がまだ顔を合わせていない住人の一人だった。

「園宮さん、かな……」

　ひとり言を零《こぼ》すと、ふいに足元にかすかな気配を覚える。

　視線を向けると、そこにはスワローの姿があった。

「スワロー、いいところに……。ねえ、あの人がどっちかわかる？」

　尋ねたものの、スワローは爽良が指差す方をしばらく見つめたまま小さく首をかしげる。

なかなか反応をくれないところを見ると、どうやらスワローですら判別できないらしい。

そんなこともあるのかと、爽良はさらに不安を覚える。

すると、そのとき。

しばらく戸の前に立っていた男は、突如、戸をスルリとすり抜け部屋の中へ吸い込まれて行った。

その瞬間に人である可能性は消え、一気に緊張が込み上げてくる。

しかし、霊ならば尚更《なおさら》見なかったことにするわけにはいかず、爽良はスワローと顔を見合わせ、一〇一号室の方へ足を進めた。

「だけど、さっきの霊、なんだか変だったよね……？」

小声で尋ねると、スワローは一度尻尾《しっぽ》を振り、爽良の少し前を歩く。

緊迫した状況だけれど、爽良を守ろうとしてくれていることが窺えるその態度には、心強さを覚えた。

そして、爽良は一〇一号室の前に立つと、念のためにノックをする。

ただ、園宮は十中八九不在だろうと踏んでいた爽良は、さほど返事を待つことなくマスターキーの束を取り出した。

ちなみに、ここでの契約上「異変があった場合は管理人が許可なく入室する」旨の記載があり、ここでいう「異変」とは、まさに今のような状況も含まれている。

爽良は束の中から目的の鍵《かぎ》を見つけると、一度深呼吸をしてから鍵穴に差し込む。――しかし。

その瞬間、突如ドアが開き、男が顔を出した。

「っ……」

悲鳴を上げそうになったのは、ただ油断していたからではない。

現れた男は、――その顔も服装もなにもかもが、さっき見た霊とまったく同じ姿だった。

「なっ……、え……？」

たちまち頭が混乱し、爽良は目を泳がせる。

すると、男はしばらくポカンとした後、人懐っこい笑みを浮かべた。

「もしかして、管理人さん？」

「あ……、そ……、うです、けど……」

爽良にとっては、霊がいきなり喋《しゃべ》り出したも同然の状況であり、到底理解が追いつかなかった。

一方、男は平然と会話を続ける。

「ずいぶん若いんだね。……というか、どうしたの、そんなに怯《おび》えて」

「どう、って、それは……」

怯える理由ははっきりしているが、「さっきまで霊でしたよね？」、なんて聞けるはずがなかった。

すると、男は突如なにかを思いついたかのように、パッと明るい表情を浮かべる。

そして。

「もしかして、……視た？」

やけに意味深な問いを投げかけられ、爽良の心臓がドクンと大きな鼓動を打った。

男はその反応で答えを察したのか、突如興奮した様子で身を乗り出す。

「え、まじで？　アレが視える人なんているんだ？　すご……、初めて会ったわ……！

そりゃ、あんなの視たら怯えるよな……」

「あの……、アレ、とは」

「生き霊だよ！　俺の生き霊！」

「い、生き霊……？」

「そう。俺ね、幽体離脱が趣味なんだ」

「………」

たちまち理解の範囲を超え、爽良の頭は真っ白になった。

かたや、園宮は嬉《うれ》しそうに目を輝かせる。そして。

「もし興味あるなら、詳しく説明しようか？」

どこか得意げにそう言い、部屋の中に入るよう手招きをした。

正直、園宮が語った内容自体に興味をそそられたというより、いかにも面倒ごとが起きそうな予感を無視できず、爽良は戸惑いながらも頷《うなず》く。

しかし、日比谷《ひびや》に監禁された件を思い出すとさすがに部屋に入る気にはなれず、咄嗟《とっさ》に談話室の方を指差した。

「場所は、談話室でもいいでしょうか」

「え？……ああ！　確かに俺の部屋はよくないよね。じゃあすぐに行くから先に行ってて！」

警戒心を露《あら》わにしてしまったことを申し訳なく思ったけれど、園宮に気にする素振りはなく、むしろ、幽体離脱の話ができることに心から高揚している様子で爽良に手を振る。

爽良は頷き、談話室へ向かって廊下を戻った。

静かな廊下を歩きながら、ふと頭に浮かんでくるのは御堂のこと。

スワローが元通りになって二日経つが、まだまともに会話ができておらず、気がかりは解消されていない。

そんな不安定な状況の今、もうこれ以上ややこしいことが起きませんようにと、願わずにはいられなかった。

「――庄之助さんのお孫さんだよね。やっぱりどことなく似てるなぁ。失礼じゃなければ、爽良ちゃんって呼んでもいい？」

「え、ええ、もちろんです」

「ありがとう。よろしくね」

談話室で待つ間、不穏な妄想が膨らみすっかり緊張しきっていた爽良に、園宮は現れるやいなや拍子抜けするくらいに爽《さわ》やかに挨拶《あいさつ》をくれた。

さっきはまともに顔を見る余裕すらなかったけれど、園宮の顔つきはずいぶん爽やかで、服装はシャツにカーディガンと清潔感があり、どこから見ても好青年だった。

もしあんなモノを目撃する前に出会っていたなら、爽良はおそらく園宮に対し、かなり良い印象を持っただろう。

しかし、残念ながら好印象とは程遠い趣味を持つ園宮は、爽良が用意していたコーヒーをひと口飲むと、待ちきれないといった様子で問題の言葉を口にした。

「で、興味あるんだっけ？　幽体離脱に」

身を乗り出さんばかりの勢いに、爽良は戸惑う。

「その……、興味というよりは、心配で。あまりに不思議だったので、なにが起こってたのかを知りたいなと……」

「なにって、爽良ちゃんが視たまんまだよ。幽体離脱って言葉自体は知ってるでしょ？　魂が、体から抜け出すってやつ」

「知ってはいますが、それって危険はないんですか？」

「危なくないって言えば嘘になるけど、やるならいくつか注意しなきゃいけないことがあって、それさえ守っていれば全然平気。ほら、俺もついさっきまで抜けてたのに、普通でしょ？」

「そう、ですけど……、でも周囲に影響などは……？　なんだか異様な気配でしたし、たとえば霊が集まってきたりとか……」

「霊が集まってきたり、かぁ。ああ、もしかして爽良ちゃんが心配してるのって、俺じゃなくて鳳銘館？」

「…………」

遠回しに聞いたつもりがあっさりと核心を突かれ、爽良は思わず目を泳がせる。

しかし、わかりやすい反応を見せたにも拘《かかわ》らず、園宮は気を悪くするどころか楽しそうに笑い声を上げた。

「あーあ、図星か。女の子に心配されてちょっと浮かれてたのに残念だわ。まぁでも、そりゃそうか。君、ここの管理人さんだもんね」

「……すみません。鳳銘館はただでさえ集まりやすい場所ですから、つい気になってしまい」

探り下手な自分にうんざりしながらも、園宮の反応に、爽良はほっと息をつく。

しかし。

「いや、当然だよ。庄之助さんだって、俺の幽体離脱に関してはいつも嫌な顔をしてたし」

「え？　庄之助さんが、ですか」

園宮がサラリと口にした聞き捨てならない言葉に、心臓がたちまち不安げな鼓動を鳴らしはじめた。

ずっと燻《くすぶ》っていた不安が、じわじわと存在感を増していく。

「うん。止めろって何度言われたことか。とはいえ、庄之助さんも俺の心配をしてたわけじゃないんだけど」

「それって、鳳銘館に霊が集まってくることを懸念してたってこと、ですか？」

「いや、もちろんそれもあるんだろうけど、彼がなにより一番心配してたのは、吏くんのことだよ」

「御堂さん……？」

今度は御堂の名前が出てきて、爽良はさらに動揺した。

同時に、この件には思った以上に根深いなにかがあると、無性に嫌な予感を覚える。

──そして。

「そう。吏くんに余計な影響を与えるなって、当時はしつこいくらい言われていて」

「影響って、どういうことですか……？」

「俺が彼に伝授しちゃったからさ。幽体離脱を」

「は……？」

「楽しいんだけど、コツがいるからね。……ただ、庄之助さんみたいなそういう筋の人たちに言わせれば、邪道中の邪道なんだってさ。どうやら、降霊術に通じるものがあるらしくて」

「降霊術……？」

その言葉を聞くやいなや爽良の頭を過《よぎ》ったのは、三〇一号室で降霊をする御堂の姿。

今になって思えば、あのときは碧ですら御堂がなにをやっているかを正確には判断できない様子で、してくれた説明には「多分」が多く、爽良はそれを少し不思議に思っていた。

けれど、あれはそもそも園宮から伝授されたものだと考えた途端、ストンと腹に落ちる。

そんな中、園宮はさらに言葉を続けた。

「しかも、吏くんは俺よりずっとセンスがあるし、勝手にどんどん進化させていって、今や俺が教えを乞《こ》いたいくらいだよ」

「……あの」

「うん？」

「最近御堂さんが降霊術っぽいことをしているんですが、……それって」

「ああ、多分それだよ。さっきも言った通り、進化系だけど。ってか、最近もやってるんだね。しばらくやめてたのに」

「やめてた……？」

「庄之助さんがうるさかったからさ。だけど亡くなって、止める人間が誰もいなくなったから再開したのかもね。まあ俺だって似たようなもので、久々に鳳銘館に顔を出したのも――」

「……園宮さん」

点と点が急速に繋《つな》がっていく感覚に戸惑い、爽良は一旦《いったん》園宮を止める。そして、一度ゆっくりと深呼吸をし、ふたたび口を開いた。

「順を追って、詳しく教えてください」

「順？　って、どこから？」

「全部、最初からです。幽体離脱のことはもちろん、できれば御堂さんや庄之助さんとの関わりも」

「そんな細かく？　それ知ってどうすんの……？」

「お願いします」

「いや……、別に、いいんだけどさ」

園宮は、突如語調が変わった爽良にわかりやすく動揺を見せながらも、視線に圧《お》されたのか、結局は頷《うなず》く。

そして、過去を思い返すように遠い目をし、ゆっくりと語りはじめた。

「最初からって言うなら俺の家の話になるんだけど、うちは一応、陰陽師《おんみょうじ》の系譜でさ。

まあ、何度も枝分かれした分家の末端なんだけど――」

園宮の話によれば、園宮の血筋は陰陽師の血を継ぐ関係で霊感が強い者が多く、祖父の時代は霊能師を稼業としていたらしい。

しかし園宮の父は霊感を持って生まれず、祖父が他界すると同時に稼業を畳んだのだが、その後程なくして園宮が強い霊感を持って生まれた。

園宮は幼い頃からはっきりと霊が視え、ときには会話もでき、その資質は明らかに祖父を凌《しの》ぐものだったが、稼業はとっくに畳んでいたし、父からは息子を霊能師にしたいという意思はまったく伝わってこなかったという。

ただ、霊感についての理解は他の家庭よりもずっとあり、父はかつて祖父が行っていた数々の霊視や霊媒の話をしてくれ、家に残る代々の資料や記録も、むしろ誇らしげに見せてくれたらしい。

そんな環境の中、園宮が自らの新たな能力に気付いたのは、六歳の頃。

夜中にふと目を覚ましたとき、目線の先にあったのは、ベッドでぐっすりと眠る自分自身の姿だった。

それは初めての経験だったが、幼い頃から数々の不思議な体験をし、十分に知識を持っていた園宮は、自分の魂が体から離れてしまったのだろうとすぐに理解し、たいした焦りはなかったという。

むしろ、まるでふわふわと宙を浮いているような感覚が心地よく、しばらくこのままでいたいとすら思ったそうだ。

それが幽体離脱と呼ばれる現象であると知ったのは、翌日、父に報告したときのこと。父は日頃から、園宮の特殊な能力についてなんでも受け入れてくれていたけれど、そのときばかりはずいぶん心配した様子で、今後また同じことがあったらひとつだけ守ってほしいと、珍しく念を押したらしい。

その内容は、「自分の体からあまり離れすぎない」というもの。

理由は聞かずともなんとなく想像できたけれど、元々好奇心も探究心も人一倍強かった園宮は、父の「離れすぎない」という表現から、逆にもっと体から遠く離れることも可能なのだという理解をしたのだという。

その後、園宮はときどき幽体離脱をするようになり、そのたびに、少しずつ遠くへ行くようになった。

最初は家の中だけに留《とど》まっていたけれど、やがて庭に出るようになり、さらには近所を歩いたり知らない場所まで行ってみたりとみるみるエスカレートし、園宮の行動範囲はたちまち広がっていった。

園宮いわく、子供の足では到底辿《たど》り着けないような距離でも、魂の状態ならば一瞬で移動でき、それがあまりにも魅力的で止められなかったとのこと。

さらに数年もすれば自分の意思で自由に体から抜けられるようになり、行き先も国内に飽き足らず、テレビでしか観たことがないような海外の山や滝や火口や、通常は立ち入ることの難しい秘境など、興味が湧いた場所を片っ端から訪れたらしい。

「――魂になって行動するときの感覚は、本当に不思議なんだ。現実とは少し違うっていうか、これは俺の想像なんだけど、魂の状態で見た世界には自分の記憶や想像も混ざっちゃうんじゃないかなって。ただ、それがまたより神秘的っていうか、すごく美しいんだよ。言うなれば、『歪《ゆが》んだ現実世界』って感じで。……まあ、あの感覚は経験してみなきゃわかんないかもね」

そう締め括《くく》った園宮は、幽体離脱に心から陶酔している様子だった。

ただ、海外まで行ったという話はあまりにも荒唐無稽《むけい》であり、すべてを鵜《う》呑《の》みにできず、爽良は首をかしげる。

「あの……、失礼な質問だったらすみません。歪んだ現実って、それは幻覚や夢とは違うんでしょうか」

それは、園宮の話を聞いた中で、もっとも引っかかっていた部分だった。

しかし、園宮は迷いもせずに首を横に振る。

「それはないよ。大人になってから幽体離脱で行った場所を実際に訪ねてみたんだけど、地図に載ってない道とか建物とか、全部記憶のまんまだったから。むしろ魂の状態で行ったときの方が詳細に記憶できるみたいで、まるで馴染《なじ》みの場所みたいに土地勘が身についてたよ」

「実際に行ってみたんですか？……確認したいためだけに？」

「うん。そりゃ、俺だってあれがただの夢だなんて思いたくないから、証明したくて」

頷く園宮を見て、この人は自らが語っていた通りかなり探究心が強いらしいと、爽良は逆に感心していた。

たまたま起きた幽体離脱を機に、その力を徐々に伸ばした上、現実かどうか確認までするとなると相当なものだと。そして。

「それで、……その幽体離脱を、御堂さんに教えたんですよね」

ついに核心の部分に入った途端、心臓が不安な鼓動を鳴らしはじめた。

「そういうこと。俺はここの住人たちの中では吏くんと比較的歳が近いから、以前はそれなりに交流があって。たまたま幽体離脱の話をしたら、思った以上に食いつきがよかったから、教えたんだ」

「……なるほど。ただ、御堂さんがやっていたのは、知人いわく降霊術に見えると……。さっき、〝降霊術に通じるものがある〟と仰《おっしゃ》ってましたが、幽体離脱を進化させれば降霊術になるってことでしょうか……？」

「えっと、……ってか、まあそんなに慌てず聞いてよ。この話には、まだ続きがあるんだ」

園宮がいたずらっぽく笑った瞬間、心にたちまち緊張が走る。

嫌な予感しかしなかったけれど、もはや聞かないわけにはいかなかった。

「続き、っていうのは」

「うん。少し話を戻すんだけど、まずは幽体離脱に伴うリスクの話をするね。……実は、さっきは楽しい話ばっかりしたけど、ヤバい目に遭ったこともあって――」

園宮が語り始めたのは、幽体離脱にすっかりはまり、海外まで行くようになった頃に経験した怖ろしい出来事。

いつものように幽体離脱して各地を彷徨《さまよ》い、朝方部屋に戻った園宮は、自分の体に別の魂が入り込もうとしている瞬間を目撃したのだという。

そのとき園宮の頭を過《よぎ》ったのは、父から言われた、「自分の体からあまり離れすぎない」という注意。

ただ、当時の園宮は、決して父の言葉を忘れていたわけではなく、むしろそれを聞いていたからこそ、離れすぎると体に戻れなくなるのかもしれないと警戒し、少しずつ距離や時間を伸ばす検証をしていたところだった。

そんな中、まさに自分の体が乗っ取られそうな光景を見てしまい、危険とはこういうことだったのかと、初めて恐怖を覚えたらしい。

しかし、それでもなお幽体離脱で得られる快感を忘れられなかった園宮は、祖父が遺《のこ》した多くの記録の中から、魂が抜けている間に自分の体を守るための方法を探した。

けれど結局役立ちそうなものは見つけられず、途方に暮れて父に相談したのが運の尽き、激怒した父は園宮にもう二度と幽体離脱をしないよう言い渡し、家に手伝いの人間を増やして監視をした。

園宮が鳳銘館のことを知ったのは、その頃のこと。

霊感がある者だけが入居できるという条件に惹《ひ》かれ、父の怒りのほとぼりが冷めた頃に契約をし、そこで出会ったのが御堂だった。

鳳銘館は噂通り霊が当たり前に横行する異常な場所だったけれど、そんなことよりも園宮が衝撃を受けたのは、御堂の存在に他ならない。

御堂は、祖父の古い記録にも載っていなかったような奇妙な方法で、園宮の幽体離脱に危険を及ぼす霊をいとも簡単に祓《はら》ってしまった。

本物の霊能力というものを記録でしか知らなかった園宮が心を奪われるのも、ある意味当然と言える。

それと同時に、御堂なら幽体離脱中の体を守る方法を知っているに違いないと、強い希望を持ったらしい。

とはいえ当時の御堂は素っ気なく、どうにか自分に興味を示してもらおうと悩んだ結果、話題に出したのが唯一の特技である幽体離脱の話。

正直自信はなかったけれど、意外なことに、御堂は想像をはるかに超える好反応を示したのだという。

ただし、御堂がもっとも気にしていたのは幽体離脱そのものよりも、魂が抜けた体には霊が寄せ付けられるという部分。

御堂から「幽体離脱中の園宮の体を守る代わりに観察させてほしい」と頼まれたのは、

それから程なくしてのことだった。

その後、いわゆる「観察」は二ヶ月程続いたらしい。

やがて御堂は「寄ってきた魂はすべて園宮の体と相性がよく、似た波長を持つ」という結論を出し、園宮の体を守るためのお札をくれ、観察を終えたのだという。

「——今になって考えると、吏くんは俺の幽体離脱の話を聞いて、その原理が降霊術に使えるってことに気付いたんだろうね。当時、彼の考えてることが理解できずに目的を聞いたんだけど、教えてくれたのは『人を捜してる』っていう、たったひと言だけだったよ」

園宮はそこまで一気に喋《しゃべ》ると、すっかり冷めたコーヒーを一気に呷《あお》った。

「人を……」

「そう。まぁ人って言っても、状況的に考えればすでに亡くなってる人だよね。波長が似てる故人ってなると……、家族とか、かなぁ。さすがにそれ以上は立ち入れなかったけど」

園宮の言葉を聞きながら、爽良は密《ひそ》かに、ほとんどの予想が当たっていたことを察する。

御堂が三〇一号室でやっていたのはやはり降霊術に違いなく、自分の体を空にして、波長が合うはずの母親の魂を呼び寄せていたのだと。

「それ以降、御堂さんは自分自身でも幽体離脱を……？」

もはや聞くまでもない質問だと思いながらも、爽良は園宮に視線を向ける。

しかし、園宮は頷《うなず》くこともなく、曖昧《あいまい》な苦笑いを浮かべた。

「まあ、しばらくはね。でも、そこで最初の話に戻るんだけど、庄之助さんに気付かれて、めちゃくちゃ怒られてさ。俺もだけど、とくに吏くんがね。あの穏やかな庄之助さんが、これまで一度も見せたことがないくらいの強い剣幕で怒ってて、吏くんなんて『次やったら追い出す』とまで言われてたからなぁ。……あれ以来、さすがにここでは幽体離脱をやり辛《づら》くなっちゃったから、なんだか足が遠のいて。多分、吏くんも一緒だと思うよ」

「……なるほど。よく、わかりました」

例の降霊術、――つまり幽体離脱は庄之助の死とともに再開したものだと知り、爽良の心の中に複雑な思いが渦巻く。

ただ、いろんなことが腑《ふ》に落ちた一方で、爽良にはもうひとつだけ気になることがあった。

「あの……、庄之助さんが亡くなったのは半年前なんですが、私が御堂さんの幽体離脱に気付いたのは最近なんです。つまり、最近は私なんかに気付かれるくらい、大胆にやってるというか……。それって、なにか理由があるんでしょうか」

もちろん、三〇一号室で御堂の母・杏子が匿《かくま》われていた過去が明らかになったことも大きな要因であると、爽良もわかっている。

ただ、だとしても、慎重な御堂なら誰にも見つからないようにすることだってできただろうにと、疑問を持たずにはいられなかった。

むしろあのときの御堂からは形振《なりふ》り構わないくらいの焦りが伝わってきて、どうしても違和感を拭《ぬぐ》うことができないでいる。

しかし、爽良の期待を他所《よそ》に、園宮は首を横に振った。

「いや、さすがに吏くんの最近の事情まではわからないよ。ここに来たのも久しぶりだし、そもそもまだ顔を合わせてもいないし」

「そうですよね……。すみません」

「ただ、そこまで心配する必要ないんじゃない？　彼はほら、とんでもない資質を持ってるわけだし、万が一体を奪われたとしても、そこらの地縛霊じゃあの体は扱いきれないだろうから、すぐに出て行っちゃうと思うよ。だから、彼が少々無茶したところで別に平気だよ」

「……平気、でしょうか」

「余裕、余裕」

園宮はそう言うが、爽良は以前、ほんの一瞬とはいえ、御堂が別人格になった瞬間を目にしている。

もはや〝少々〟なんてレベルではないと心の中で否定したものの、深い事情を知らない園宮に言っても仕方がないと、爽良は曖昧に頷いた。

ただ、御堂が幽体離脱をするに至った経緯と、それがあの庄之助を怒らせるくらいの危険行為であるという事実は、とても重要な情報と言える。

爽良は今すぐにでも礼央に報告したくて、ソファから立ち上がると、園宮に深々と頭を下げた。

「いろいろ聞かせていただいて、ありがとうございました」

園宮は存分に幽体離脱の話ができて満足したのか、爽良に人懐っこい笑みを返す。

「全然。これからはちょくちょく顔を出すから、よろしくね」

「あの、散々聞かせていただいておいて言い辛いのですが、あまり危険なことは控えてくださいね」

「大丈夫、俺はほら、吏くんと違って長い時間をかけて限界を見極めてるし、体を守るお札も使ってるし」

「……そう、ですか」

幽体離脱をエンタメ感覚で楽しむ気持ちはまったくわからないが、この調子だと止めても無駄だろうと察した爽良は、もう一度頭を下げて談話室を後にする。

そして、その足で礼央のもとへと向かった。

「ここの住人どうなってんの。面談してる割にやばい奴ばっかかじゃん」

その後、礼央を部屋に招き、園宮から聞いた話をひと通り報告すると、礼央は心底うんざりした様子で天井を仰いだ。

「で、でも、面談だけじゃそんなとこまでわかんないし、それに、園宮さんはすごく感じがよくて……」

「幽体離脱して遊んでる異常さは、感じがいいくらいじゃ埋められないよ」

「だけど、結構重要な話を聞けたし……」

「まあ、御堂さんがアレをやるに至った、諸悪の根源は判明したね」

礼央はずいぶん遠慮のない言い方をするが、あながち否定もできず、爽良は口を噤《つぐ》む。

ただ、たとえ園宮が御堂に幽体離脱を教えていなかったとしても、御堂が母親捜しに抱く執着心を考えれば、いずれは似たような方法に行き着いていたであろうことは容易に想像できた。

「見つかるまで続ける気なのかな……」

不安になって呟《つぶや》くと、礼央は眉間《みけん》に皺《しわ》を寄せる。そして。

「やめるときは、いよいよ体を乗っ取られたときじゃない？」

物騒な言葉をさらりと口にし、爽良の心臓がふたたび不安な鼓動を鳴らしはじめた。

反論したいけれど、それは十分あり得る結末であり、爽良は深く俯《うつむ》く。

「そうだよね……。このままじゃ、そうなりかねないよね……」

「なりかねないっていうか、これまで無事でいられたのが逆に不思議なくらいだよ。話を聞く限り、魂が抜けてる間の体は相当無防備みたいだし、長年かけて限界を見極めてるっていう園宮さんと違って、明らかに焦ってる御堂さんがそんな地道なことをしてるとは思えないし」

「確かに……。もう、止められないのかな……」

尋ねたものの、期待が薄いことは爽良にもわかっていた。

たとえ必死に説得したところで、御堂が爽良の言葉に耳を傾けるはずがないことを、嫌というほど察している。――しかし。

「全部丸く収める方法があるとすれば、いち早く杏子さんの魂を見つけることくらいかな」

ぽつりと零《こぼ》した礼央の言葉に、爽良は思わず顔を上げた。

「そっか、……そうかも」

声にわかりやすく期待を滲《にじ》ませた爽良に不安を覚えたのか、礼央は咄嗟《とっさ》に険しい表情を浮かべる。

「ちょっと待って。言っておくけど今のは提案じゃなくて、もう策がないって意味だよ。あの御堂さんが何年もの間必死に捜し続けてる実の母親の魂を、赤の他人の俺らに見つけられるわけないんだから」

「そう、……なんだけど」

「けど、って」

もちろん、爽良は、礼央が言わんとすることを十分に理解していた。

しかし、理解した上でなお、もし自分にできることがあるとすればそれしかないと、小さな希望が生まれたことも事実だった。

御堂を救いたいと思いながらも無力さに打ちひしがれていた心が、わずかに気力を取り戻していく。

おそらく、礼央はそんな爽良の心の機微もすべてお見通しなのだろう、しばらく逡《しゅん》巡《じゅん》するように沈黙を置き、やがて重い溜《た》め息をついた。

「……なんかもう、捜すしかなさそうな流れだね」

驚く爽良に、礼央は小さく頷く。そして。

「なら、俺も捜す」

すっかりいつも通りの様子で、そう呟いた。

「ま、待って礼央、私まだなにも言ってないよ……。それに、かなり難しいってこともわかってるし……」

礼央は多くを語らないが、爽良の単独行動を危惧《きぐ》しての申し出であるということは聞くまでもなく、爽良は慌てて首を横に振る。

しかし、その反応すらも想定済みだったのか、礼央の表情には、すでに迷いがなかった。

「とりあえず、やるだけやってみようよ。それに、爽良もなにかしてないと落ち着かないんだろうし」

「礼央……」
「正直、見つけられる可能性が限りなく低いっていう見解は変わらないけど。……とは
いえ、あの人のことで延々爽良が悩まされてるのも、気に入らないから」
「え……？」
思いもしない言葉に一瞬思考が追いつかず、爽良はポカンと礼央を見上げる。
けれど、礼央はそれ以上補足をしてくれることはなく、ごく自然な動作で爽良の頭に
そっと触れた。
「だから、さっさとこの件を終わらせたい」
「あ、あの」
「じゃないと俺、いい加減あの人に八つ当たりしかねないし」
「……………」
直接的な言葉を言われたわけでもないのに、壊れ物を扱うような手つきが、爽良の気
持ちを煽《あお》る。
思えば、「礼央がいないと寂しい」と伝えたあの日以来、爽良の心の中で、なにかが
少しずつ変化しているような感覚があった。
上手《うま》く言葉にはできないけれど、ひとつ明確な変化があるとすれば、爽良の脳裏に常
に過《よぎ》っていた〝礼央はいつかきっと自分から離れていく〟という不安がすっかり払拭《ふっしょく》さ
れたこと。

その変化を自覚した瞬間から、ずっと抑え込んでいたものが解き放たれるかのように、心の奥の方で、礼央に対する感情が形になりはじめていた。

そのせいか、今かけられたような含みのある言葉にも必要以上に戸惑うことはなくなり、むしろ、これまでに経験のない、全身がふわふわと温かくなるような心地を覚えるようになった。

「爽良？」

「ご、ごめん。ちょっと考えごとを……」

どうせこの誤魔化しすら簡単に見透かされるのだろうと思いつつ、爽良は礼央から目を逸《そ》らし、熱を上げた頬を隠す。

すると、礼央はかすかに笑い声を零した後、唐突に、部屋の隅に積んである管理日誌に手を伸ばした。

「日誌……？」

「うん。俺らは杏子さんのことをなにも知らないから、捜すっていってもまったく見当がつかないでしょ。だから、まずは地道に日誌を漁《あさ》って、ちょっとでもヒントになるような記述がないか探してみようかなと」

礼央が言う通り、ずいぶん前に亡くなっている杏子のことを知る手段は限られ、今すぐにできることといえば日誌を遡《さかのぼ》るくらいしかない。

爽良は納得し、日誌を横から覗《のぞ》き込んだ。

ただ、礼央が開いている日誌は一九七〇年から二〇一二年までの出来事が記されたものであり、それは杏子が亡くなった年を含むもっとも重要な一冊ではあるが、礼央は別件の調べもので、すでに何度も目を通している。

つまり、新たな情報が得られる可能性には、あまり期待できなかった。

現に、しばらくページを進めたものの、綴《つづ》られている内容の多くは日々のたわいない出来事ばかりで、時折霊や念といった単語が登場するものの、杏子との関連性を匂わせるものは一向に見当たらない。

おまけに、例によって庄之助の達筆な文字の解読には集中力を要し、一時間程が経過した頃、爽良はとうとう天井を仰いだ。

「私ならともかく、礼央が何度も目を通した後に重要な記述が見つけられる気がしない……」

すると、礼央もページを捲《めく》る手を止め、苦笑いを浮かべる。

「いくらなんでも、それは俺を信用しすぎ。それに、何度か目を通したっていっても、これまでは杏子さんに関する記述を探してたわけじゃないし、ナナメ読みしたり、冒頭だけ読んで除外したりもしてたから、まったく目を通してない箇所もまだまだたくさんあるよ」

「そうかな……、まあ、この膨大な文字量だもんね……。データみたいに単語で検索ができたらいいのに」

「それは本当にそう思う」

礼央は深く頷《うなず》き、一度日誌を膝《ひざ》から下ろして体を伸ばした。

きっと疲れているのだろうと、途端に申し訳なさが込み上げてくる。しかし。

「礼央、いつもごめ――」

なかば無意識に謝りかけた瞬間、ついこの間言われたばかりの「すぐに謝るのやめて」という言葉を思い出し、慌てて口を噤《つぐ》んだ。

「じゃなくて、……いつもありがとう」

強引に言い替えると、礼央は可笑《おか》しそうに目を細める。

「今のは、ギリギリアウト」

「絶対セーフだよ」

「判定甘すぎ」

文句を言いながらもその表情はやけに穏やかで、爽良はつい見入ってしまった。――そのとき。

ふと気配を覚えて視線を向けるやいなや、部屋の入口にちょこんと座るスワローと目が合う。

「スワロー……？　どうしたの？」

手招きすると、スワローはゆったりした動作で近寄ってきて、爽良の頬に鼻先を寄せた。

礼央はその光景を見ながら、驚いた表情を浮かべる。

「それにしても、びっくりする程懐いたね」

「う、うん……」

「なんで戸惑ってるの」

「戸惑うっていうか、また嫌われたらどうしようって思うと緊張しちゃって」

「なにそれ」

礼央はさも呆《あき》れたように笑い、その声に反応してか、スワローがふわりと尻尾《しっぽ》を揺らした。

ただ、その動作にはいつものような覇気がない気がして、爽良はなんだか不安を覚える。

「スワロー、もしかしてまだ御堂さんのところに行き辛《づら》かったりする……？」

それはただの思いつきだったけれど、そう考えた途端、スワローが爽良に会いにきてくれる頻度の高さにも納得がいった。

しかし、スワローに反応はなく、代わりに礼央が首を横に振る。

「そもそも、常につるむような間柄でもないでしょ。ただ鳳銘館から余計な霊を追い払うっていう目的が被《かぶ》ってるだけで」

「そう、かな」

「どっちも馴《な》れ合うようなタイプじゃないし」

確かに御堂やスワローの性格を考えると、馴れ合う関係でないことは想像に容易《たやす》い。ただ、両者の間の強い信頼関係を何度となく目の当たりにしている爽良としては、それがもし崩れかけていたらと思うと、余計なお世話だとわかっていながら気がかりで仕方がなかった。

「それはそうだけど、……でも、また前みたいな関係に戻れるといいなって」

思ったままを口にすると、礼央はスワローの首元をそっと撫《な》でながら、なにかを考え込むように遠くを見つめる。

そして。

「スワローはともかく、今は御堂さんが通常営業じゃないからね。どの道、母親捜しの件になんらかの落としどころがないと、元通りってわけにはいかなそう。スワローとのことだけじゃなく、俺らとの関係性や鳳銘館の管理も含めて。……なにより、御堂さん自身も」

少し言い難《にく》そうに、そう口にした。

「なんらかの、落としどころ……」

「そう。完璧《かんぺき》な結末ってわけにはいかなくとも、御堂さん自身が納得できるようなひとつの区切りがないと、って」

「そう、だよね……」

確かにその通りだと爽良は思う。

ただ、御堂が納得する区切りなんて爽良には想像もつかず、むしろ、辿《たど》り着けるかどうかもわからない「完璧な結末」しか念頭にない可能性も十分にあった。

だんだん気が重くなり、爽良は膝を抱えて顔を埋《うず》める。

しかし。

「わかってたけど、簡単じゃないよね……。人を救ってあげたいなんて、そんな——」

つい弱音を零《こぼ》しそうになった、そのとき。突如、スワローがゆったりと動きだし、日誌の山の前で足を止めた。

「スワロー……？」

名を呼ぶと、スワローはチラリと爽良に目を向け、それから一番上に積んであった『二〇一三〜』と記された一冊を鼻で押し、床に落とす。

その妙に意味深な行動に、爽良は礼央と顔を見合わせ、スワローが落とした日誌を手に取った。

「これが、どうしたの？」

尋ねると、スワローはパタンと尻尾を振る。

その様子に、礼央が瞳《ひとみ》を揺らした。

「……手伝うって言ってる気がする」

「手伝うって、杏子さんのこと？」

「わかんないけど、多分」

礼央は頷き、爽良の手から日誌を抜き取ると、早速表紙を捲る。

見れば、その日誌は年代が一番新しいだけあって劣化が少なく、文字もずいぶん読み易かった。

とはいえ、ここに記されている記録はあくまで二〇一三年以降のものであり、杏子の死からはずいぶん年月が流れている。

「ねえ、杏子さんが亡くなったのは御堂さんが十歳の頃だって言ってたし、この日誌だと、一番古い記録でもそこから十年以上経ってるんじゃ……」

違和感を無視できず、爽良は文字を追いながら礼央に尋ねた。

しかし、礼央がページを捲る手に迷いはない。

「そうなんだけど、考えてみればこの日誌にはほとんど目を通したことがないなって。スワローも気にしてるし、なにかヒントになるようなものが書いてあるのかもしれないから」

確かに、スワローの感覚の鋭さについては爽良も十分承知していた。

もっとも印象深いのは、爽良がまだ鳳銘館へ来て間もない頃の出来事。

かつては鳳銘館の住人だった長谷川《はせがわ》吉郎《よしろう》という男が、霊となってもなお延々と捜し続けていた父親の遺品を、スワローは裏庭の池であっさりと発見した。

あのときの衝撃を、爽良は今も鮮明に覚えている。

「そういえば、スワローは捜しものが得意だよね……」

呟《つぶや》くと、スワローはゆっくりと瞬《まばた》きをした。

その自信に溢《あふ》れた表情を見て、爽良は改めて日誌の文字に集中する。

そして、それからさらに四十分程度経過した頃、――ふいに、礼央がページの一箇所を指差した。

「爽良、ここ」

視線を向けた瞬間、爽良は思わず目を見開く。

そこにあったのは、「君を失い、今日でもう十五年も経ってしまった」という、ごく短い一節。

それは、通常通りの日々の記録を締め括《くく》った後に数行空けて綴《つづ》られていて、まるでそこだけ個人的な日記であるかのように、文字自体の雰囲気すら違って見えた。

「君って、杏子さんのことかな……」

「っぽいよね。この辺りは二〇一七年の記録みたいだし、ここから十五年前ってなると辻褄《つじつま》が合う」

「でも、どうして〝君〟なんて書き方をするんだろう。三〇一号室で杏子さんを匿《かくま》っていたときの記録にはきちんと名前があるのに」

確かに辻褄は合うものの、爽良としてはそこが微妙に引っかかり、「君」という文字を指先でなぞる。

すると、礼央は逡巡《しゅんじゅん》するようにしばらく沈黙を置き、ゆっくりと口を開いた。

「もしかすると、いつか御堂さんが読む可能性を考えたんじゃないかな」

「え……？」

「名前を伏せたのは、気持ちを煽《あお》らないように、とか。まあ、ただの推測だけど」

「…………」

礼央の言葉を理解するよりも早く、胸がぎゅっと締め付けられた。

確かに、日誌に名前が記されている三十年前の杏子はまだ存命中。

そして、庄之助がこんなにも細かい配慮をしているということは、二〇一七年当時はもちろんのこと、いつかこの日誌が御堂の手に渡ったとき、――つまり、庄之助が亡き後もなお、御堂の傷が癒《い》えていないことを予想していたのだと考えられる。

「庄之助さんは御堂さんのことを心から心配してたんだね……。御堂さんの幽体離脱を止めたことだって、本当はすごく苦しかったのかも……」

やりきれない思いが込み上げ、爽良は俯《うつむ》く。

礼央もまた、今ばかりは普段のような皮肉を口にすることなく、静かに庄之助の文字を目で追った。

しかし、そのとき。

「……爽良、ここ見て」

突如、礼央が日誌の左上を指差す。

その口調からはわずかな緊張が伝わり、爽良はなんだか不穏な予感を覚えながらも、礼央が指した箇所に視線を向けた。――そして。

「十一月、二十八日……？」

綴られていた日付を読み上げた瞬間、爽良の心臓がドクンと大きく揺れる。

それも無理はなく、十一月二十八日とは、まさに今日の日付だった。

「杏子さんの命日って、まさか今日……？」

「この日誌の通りなら、そうなるね」

「それ、って……」

たちまち点と点が線になっていく感覚を覚え、爽良は必死に思考を巡らせる。

すると、脳裏に突如、以前御堂が口にしていた意味深な言葉が過った。

――『そういえば、もうすぐだなって思って』

御堂はあの日、ひとり言のようにぽつりとそう口にし、尋ねても意味を教えてくれなかった。

けれど、今となってみれば、あれは杏子の命日を指していたとしか考えられない。

「ねえ礼央……、前に御堂さんと話したとき、命日になにかを計画してるような雰囲気があって……」

不安に駆られてそう言うと、礼央は険しい表情を浮かべる。

そして。

「今日は、庄之助さんが亡くなってから初めて迎える命日だよね。……なにをするかなんて決まってるよ」

そう言って、肩をすくめた。

はっきり明言せずとも爽良に思い当たらないはずがなく、額に嫌な汗が滲《にじ》む。

「幽体離脱……」

その言葉を口にするやいなや、背筋がゾッと冷えた。

一方、礼央はいたって冷静に頷《うなず》く。

「まあ、十中八九は。命日が魂にどう影響するのかは知らないけど、家族は供養したり偲《しの》んだりするわけだし、故人と家族との距離が縮まりそうな雰囲気はあるよね。たとえば、お盆みたいな」

「そう、だけど……」

「で、もし御堂さんが命日にやる幽体離脱に期待を寄せてるんだとすれば、もはや歯止めが効かないいんじゃないかな。一年に一度のチャンスだし、それこそ危険なんて省みずにいくとこまでいきそう」

聞けば聞く程、不安が込み上げて止まらなかった。

礼央が言う通り、今年は庄之助という御堂のブレーキとなる人物がおらず、そのぶんかなり無謀なことを考えている可能性も十分にある。

「止めなきゃ……」

衝動に駆られて立ち上がると、咄嗟《とっさ》に礼央に腕を摑《つか》まれた。

「どうやって？　あの人が俺らの言葉を聞くとは思えないし、突っぱねられて終わりだよ」

「それでも、どうしても止めないと、なんだかすごく嫌な感じが……」

そう言いかけた、瞬間。

突如、底冷えするような異様な気配を覚え、爽良は硬直した。

礼央やスワローも感じ取ったのだろう、部屋の空気が一気に緊張を帯びる。

そして。

「もう、……手遅れかも」

礼央がぽつりと零《こぼ》したそのひと言で、爽良は衝動的に部屋を飛び出した。

しかし、戸を開けるやいなや目の前に広がっていた光景に、たちまち頭が真っ白になる。

「なに、これ」

爽良が目にしていたのは、いつもとは明らかに違う玄関ホールの様子。

息苦しくなる程に空気が重く澱《よど》む中、階段や土間やチェストの陰にいたるまで多くの気配が潜み、中には滅多に遭遇しないくらい禍々《まがまが》しい存在もあった。

ただ、それらは爽良には目もくれず、徐々に階段の方へと集まり、上の階へと向かっていく。

「行き先は、三〇一号室っぽいね」

背後で響いた礼央の言葉が、爽良の焦りをさらに煽った。

ふと、この霊たちすべてが空になった御堂の体を狙っているのではないかと、怖ろしい想像が浮かび、全身に震えが走る。

「こんな大勢の霊に狙われたら……」

震える声で呟くと、礼央は爽良を背後に隠しながら険しい表情を浮かべた。

「っていうか、魂が不在中の体には、波長の合う霊だけが寄ってくるっていう話だったよね。見る限り、まったく関係なさそうな有象無象が集まってるみたいだけど」

「確かに……」

「やっぱりあの人、今日はいつも以上にタガが外れてそう」

「それも、命日だから……？」

「多分。ただ、これだけの霊がいて、爽良にまったく興味を示さないってのは不幸中の幸いかも。霊にとって、空っぽの体がそれくらい魅力的ってことなんだろうけど」

「だったらなおさら御堂さんが危ないよ……、行かなきゃ……」

爽良は礼央の背中を押し、玄関ホールに出る。

しかし、礼央が即座に爽良の前に手を掲げ、行く手を阻んだ。

「待って」

「礼央……！」

「本気で止めに行くの？　これは御堂さんが望んでやってることだし、止めたら止めたであの人はきっと理不尽に爽良を責めるよ」

「わかってるけど……！」

「それに、今は霊が爽良に興味を示してなくても、これだけの数が集まってれば、いつなにが起きても不思議じゃない。もし、爽良になにかあったら、俺はあの人のことを一生──」

「──礼央」

言葉を遮ったのは、半ば勢いだった。

これ以上ないくらい動揺しているはずなのに、自分でも驚く程に落ち着いた声が出て、たちまち礼央の瞳《ひとみ》に戸惑いが揺れる。

その表情にいつものような余裕はなく、爽良のことをなにより最優先に考えてくれる気持ちが苦しくなる程に伝わってきた。

爽良は礼央の手を取り、ぎゅっと力を込める。

「ありがとう礼央……。だけど私、理不尽に責められてもいいし、危険なのもよくわかってる。でも、それでも、黙って見てられないよ……」

「…………」

「すごく怖いし、無謀だってわかってるし、結局なにもできないかもしれないけど、……それでも、どうしても止めたいの」

「……爽良」

「それに、私」

一気に喋《しゃべ》ったせいか言葉が途切れ、爽良は一度大きく息を吐いた。

心臓が忙《せわ》しなく鼓動を鳴らす中、爽良は礼央の手を握る手にさらに力を込める。——そして。

「それに、私、できるんじゃないかって。……礼央が、一緒にいてくれたら」

「………」

言葉を失う礼央の姿は、かなり珍しい。

その表情は、葛藤《かっとう》しているようでも、困惑しているようでもあった。

普段の爽良なら、困らせていると察した途端に我に返るはずが、口を衝《つ》いて出たのはダメ押しするようなひと言。

「……お願い」

その瞬間、礼央が深い溜《た》め息をついた。

「わかった。いや、最初からわかってたけど。……にしても、その殺し文句は本当に狡《ずる》い」

礼央はそう言うと、爽良の手を引き早速階段の方へ向かう。

「ありが、とう……」

高揚が冷めやらないままお礼を言う爽良に、礼央は多少不満げではありながらも、小さく頷いてみせた。

そんな中、玄関ホールで待機していたスワローは、爽良たちが動き出すと同時に階段を軽快に駆け上っていく。

スワローが通過すると同時に異様な気配が次々と散り、重苦しかった空気がわずかに軽くなった。

「すごい……」

似たような光景なら以前にも目撃したけれど、何度見ても圧巻で、爽良は思わず感嘆の声をあげる。

ただ、近くの気配が消えたことで上から伝わる禍々しさがより際立ち、嫌な予感はなおも膨らんでいくばかりだった。

やがて三階まで上るやいなや、東側から漂う酷《ひど》く重い空気に、爽良たちは一度足を止める。

すると、そのとき。

「爽良ちゃん！」

背後から名を呼ばれ、振り返ると、慌てた様子の碧が駆け寄ってきた。

「碧さん……！」

「ちょっと、なんなのこれ……、いきなり爆発的に気配が増えるし、確かめようにも全然先に進めないし、いったいなにごと……？」

そう言う碧の手には数珠《じゅず》が握られ、見れば、顔色がかなり悪い。

その様子から、碧はこの状況の中ですでに自らの特殊な能力を使ってしまったのだろうと、爽良は察していた。

思い出すのは、裏庭に出た女の霊を、碧が自分の体の中に閉じ込めてしまうという不思議な光景。

あのときの碧も、まさに今日のように酷い顔色をしていた。

爽良はフラつく碧の体を慌てて支える。

「碧さん、顔色が……、かなり無理したんじゃないですか……？」

しかし、碧はあくまで気丈に首を横に振った。

「私は大丈夫。やばそうなの二体入れちゃったから、正直満員御礼なんだけど、落ち着いたらどっかで吐き出すから。……それより、今どういう状況？」

「それが……、多分、御堂さんが今幽体離脱を……」

「幽体離脱？　あの降霊術のこと？」

「は、はい、後ほど詳しくお話ししますが、この霊たちはみんな御堂さんの体を狙って三〇一号室の方に向かってるようで……」

「いや、降霊術って前もやってたやつでしょ？　なんでこんなめちゃくちゃな状況になるの」

「それが、今日は御堂さんのお母さんの命日らしくて、だからいつもより無茶してるんじゃないかと……」

「命日……、なるほど。……わかりたくはないけど、一応わかった。ってか、これも
先に進めないじゃない」

「え……？」

そう言われて視線を向けると、廊下はいつの間にか霊の気配で充満し、碧が言う通り、
通り抜ける隙ひとつなかった。

しかし、そんな状況ですらスワローは怯《ひる》むことなく、混沌《こんとん》とした廊下の奥へとまっす
ぐに進んでいく。

「スワロー……！」

さすがに不安になって名を呼んだものの、スワローは立ち止まることなく、大丈夫だ
と言わんばかりに尻尾《しっぽ》を振った。

すると、たちまち周囲の気配が薄まり、碧が目を見開く。

「あの子、すごくない……？」

爽良も同じ気持ちだったけれど、ただ、今は感心している場合ではなかった。

「また増えないうちに、行きましょう……」

爽良はそう言い、足早にスワローの後を追う。

そしてようやく三〇一号室の前に辿《たど》り着いた、そのとき。奥から伝わってくる底冷え
するような禍々《まがまが》しさに、爽良は思わず硬直した。

しかし怯んでいる場合ではないと、爽良は一度ゆっくりと深呼吸をし、おそるおそる

ドアノブを回す。

予想通り鍵《かぎ》はかかっておらず、ドアはキィと嫌な音を立てながら隙間を広げた。——そして。

「御堂、さん……」

早速目に入ったのは、ダイニングに立つ御堂の姿。

ただ、そのときの御堂の様子は以前に目撃したときとは明らかに違い、視点の合っていない空虚な目をして、呆然《ぼうぜん》と一方向を見つめていた。

あまりの異様さに頭の中は真っ白で、爽良はなかなか声をかけられないまま、玄関に立ち尽くす。

そんな中、碧が即座に駆け寄り御堂の肩を揺らした。

「ちょっとなにやってんの！　死ぬほど集まってきてるじゃない！　あんた住人全員殺す気？」

しかしその瞬間、まるでプツンと糸が切れたかのように、御堂の体が床に崩れ落ちる。

同時に、あれだけひしめき合っていた気配が、嘘のように散っていった。

「は……？　ちょっと、なに……」

碧の声が、動揺を帯びる。

爽良も震える足を無理やり動かして御堂に近寄り、その背中にそっと触れた。

「御堂さん……？」

幸い呼吸はしているようだが、触れても呼びかけても反応はない。

「なんで……、こんな、まるで死んだみたいな……」

いつも落ち着き払っている碧の声が弱々しく震え、爽良の不安をさらに煽《あお》った。

そのとき。

「碧さん」

背後で様子を窺《うかが》っていた礼央が、静かに口を開く。そして。

「救急車呼ぶね」

そう言うと、返事も待たずに携帯を取り出し通話を始めた。

爽良はその姿をただぼんやりと見つめながら、――ついに怖れていたことが起きてしまったと、全身がじわじわと冷えていくような恐怖を覚えていた。

御堂は間もなく到着した救急車によって、病院へと運ばれた。

付き添った碧からの報告によれば、ある意味予想通りと言うべきか、意識はいまだ戻らず原因も不明とのこと。

これからしばらく入院し、検査を続けるとの話だった。

もちろん、検査で原因が判明しないことはわかりきっている。

ただ、わからないことだらけの今、せめて生命の状態が正確に把握できる環境にいてくれることだけは、唯一の安心材料だった。

その後、やや落ち着きを取り戻した爽良が連絡したのは、園宮。

名簿を頼りに電話をかけると、園宮の別宅はずいぶん近いらしく、すぐに鳳銘館に駆けつけてくれた。

しかし。

「俺にはなにが起こったのかわからないな……。なにせ、そんな状態になったことないし……」

談話室に通し、三〇一号室での御堂の様子を説明したものの、園宮は悩ましげに首を捻《ひね》った。

「御堂さんの体が乗っ取られたってことではないんでしょうか」

同席した礼央が、いまだ頭が上手《うま》く働かない爽良の代わりにそう尋ねる。

しかし、園宮は眉間《みけん》に皺《しわ》を寄せた。

「そう考えるには、なんだか違和感があるなって」

「違和感とは？」

「いや、これは大昔に父から聞いた話で、実体験ではないんだけどさ、……幽体離脱中に体に入り込まれてしまって、乗っ取られたとしたら、そもそも本人の魂は不在だし、普通に憑《つ》かれた場合と違ってその体を自由にできるわけでしょ？」

「理屈では、そうなりますね」

「……で、いきなり体を手に入れた魂は、とはいえ他人の体だから上手く扱えず、周囲から見れば奇行とも取れるような妙な言動を繰り返すんだって。それで、結局は体に馴《な》染《じ》めず意識が昏睡《こんすい》して、多くの場合、魂が諦《あきら》めて体から出ていくんだとか……」

「出ていくんですか……？」

その言葉を聞いた途端、爽良の心には小さな希望が生まれていた。

しかし、園宮はその希望を否定するかのように、声をひときわ低く落とす。

「でも、吏くんの場合は奇行もないまま、いきなり意識がなくなったんだよね？　それって要は、魂が上手く入り込めなかったってことじゃないかなって。……たとえば、他の魂に邪魔された、とか」

「邪魔……？　御堂さんの魂以外に、ってことですか？」

「もちろん。持ち主の魂が残ってたなら、そもそもそう簡単に体には入れないからね。だから、吏くんの体に魂が不在だったことは確実。……で、ここからはただの憶測なんだけど、今は吏くんの体に一気にたくさんの魂が入り込んでしまって、魂同士で争ってる状態なんじゃないかと思っていて」

「一気に、たくさんの……？」

それを聞いた瞬間に爽良の脳裏を過ったのは、夥《おびただ》しい数の霊たちが廊下でひしめき合う異常な光景。

しかも、どの霊も爽良の存在を完全に無視し、御堂がいる三〇一号室へとまっすぐに向かっていた。

あれを見てしまった以上、御堂の体にたくさんの魂が入り込んだという園宮の憶測を否定できず、爽良の体から血の気が引いていく。

するど、今度は礼央が口を開いた。

「ただ、もし園宮さんの憶測通りのことが起こっていたとしても、いずれはその魂の中のいずれかが御堂さんの体を勝ち取るんですよね。そうなった場合でも、結局は体を扱いきれずに出て行くっていう結末になると考えていいんですか？」

その問いに、爽良の中でふたたび小さな希望が生まれる。

礼央が言ったように、霊たちがいくら争っていようがいずれ出て行くのならば、結果は変わらない。

しかし、園宮は苦い表情を浮かべた。

「確かに、出ていくってのは同じだよ。……ただ、魂って、自分の体から離れている時間が長ければ長い程、戻るのが難しくなるんだ」

「難しくなるって、どういう意味ですか？」

「俺も何度となくそれに近い経験をしてるけど、体と魂の繫《つな》がりがみるみる薄くなって、どこに行けば自分の体があるのかわからなくなっちゃうっていうか。いわば、通り慣れているはずの帰り道がまったく思い出せない感じ」

「そんな、危険なことが……」

「それが、幽体離脱をする上で伴う最大のリスクなんだよ。普通に乗っ取られただけでも抜け出るまで結構な時間がかかるのに、まだ争ってるんだとしたら余計でしょ。ようやく体が解放されたところで、戻り方を忘れてたら意味がないっていうか……」

「もし戻れなかった場合は、どうなるんですか……？」

「どうなるって、そりゃ魂が不在の体はいずれ機能が止まるし、魂は彷徨《さまよ》い続けることになるから……」

「死と同然ってことですね」

言い難《にく》そうに濁した園宮の言葉を、礼央が淡々と補足する。

死という言葉が、爽良の心にずっしりと響いた。

「なにか、方法はないんでしょうか……。たとえば、御堂さんの体に入った霊たちをなんとか追い出すとか……」

震える声で尋ねる爽良に、園宮は頭を抱える。

「でも、追い出したところで吏くんが戻ってこなければ、結局体の機能は止まっちゃうからな……。つまり、今回に関しては、乗っ取られる心配よりも、吏くんが戻ってくる方が重要なわけで。とはいえ、すでに戻り方を忘れちゃってたら詰むんだけど……」

「でも、その場合は私が御堂さんを見つけて、体まで案内すれば大丈夫ですよね……？」

爽良は祈るような気持ちで、なかば食い気味にそう尋ねる。

しかし、園宮は、首を縦には振らなかった。

「いやいや、見つけるなんて簡単に言うけど、相手は生き霊だからね。一応生きてるわけだから、恨みつらみで残ってるような霊たちとは比較にならないくらい気配が薄いし、しかもどこにでも行けるわけだし、到底無理だよ……」

「そんなに違うんですか……」

「そういうこと。それに、……これはそもそもの話なんだけど、彼には誰かの魂を捜すっていう大きな目的があるんでしょ？　戻り方を忘れたところで構いもせず、むしろ生き霊になったのをいいことに、意気揚々と捜しに行っちゃったっていう可能性もあるよね……？」

「捜しに行ったって……、つまり、目的の魂が自分の体に寄ってくるのを待つんじゃなく、自ら体の傍を離れるってことですか？」

「だって、たとえ大勢の霊が寄せ付けられたところで、その中に目的の相手がいなかった場合はそういう発想になってもおかしくないし」

「そんな……！　今にも自分の体が乗っ取られようとしてるのに……」

さすがにありえないと反論しかけたものの、語尾は弱々しく萎《しぼ》んだ。

なぜなら、そのとき爽良の頭を過《よぎ》っていたのは、御堂が長年にわたって抱え続けている、杏子に対する強い後悔。

御堂にとって、杏子の魂を捜し出すという目的がいかに重要であるかは言うまでもなく、傍《はた》から心配していた爽良には、それが御堂が生きる理由のほとんどを占めているように感じられる瞬間すらあった。

御堂がもし、戻りたいと思っていなかったとしたら。──そもそも、命日にすべてを懸け、最初からこうする計画だったとしたら。

怖ろしい考えが止まらなくなり、指先が震えはじめる。

「……爽良、落ち着いて」

礼央に名を呼ばれてなんとか我に返ったものの、一度込み上げてしまった不安をそう簡単に拭《ぬぐ》うことはできなかった。

爽良は、もはや最後の確認とばかりにゆっくりと口を開く。

「じゃあ、私にできる、ことは……」

ひとつの結論が出てしまうという不安から、語尾が曖昧《あいまい》に途切れた。

「まあ……、なんていうか……」

辛《つら》そうに言い淀《よど》む園宮を前にし、それはもはや答えも同然だと爽良は察する。──しかし。

「いや、……ちょっと待って」

突如園宮が勢いよく顔を上げ、身構えていた爽良はビクッと肩を揺らした。

一方、園宮は爽良をまっすぐに見つめたまま、目をキラキラと輝かせる。

そして。

「そういえば、……君、視えるじゃん」

「え……？」

「生き霊が、視えるじゃん！」

ずいぶん興奮した様子でいきなり立ち上がったかと思うと、テーブルに身を乗り出して爽良の両肩を掴《つか》んだ。

そのあまりの勢いに動揺しながらも、爽良は園宮を見つめ返す。――瞬間、脳裏にふと、廊下を歩く園宮の生き霊の姿が蘇《よみがえ》った。

「そう、いえば……、私、園宮さんの生き霊を……」

「視えたんでしょ？　ってことは当然吏くんの生き霊も視えるんだから、捜せるってことにならない？」

理解が追いつくよりも早く、絶望で埋め尽くされていた心にわずかな光が差した。

「私に、御堂さんを……？」

「そう！　にしても、それ本当に希少な能力だから！　いや、さすが庄之助さんのお孫さんだよ……！」

園宮は幽体離脱に心酔するだけあってよほど興味深いのだろう、目をキラキラさせて爽良の肩を揺らす。

ただ、そのときの爽良は、自分の能力の希少さよりも御堂を捜せるという希望で頭がいっぱいで、園宮の言葉はほぼ頭に入ってきていなかった。

「そうだ、今度俺が幽体離脱するとき検証に付き合ってくれない……？　その珍しい能力の限界をいろいろ試してみたいし、もしよかっ……」

「──私、早速捜しに行ってきます！」

「え、ちょっと待……」

園宮の言葉を強引に遮っても失礼なことをした自覚すらなく、爽良はかろうじて会釈だけをして談話室を飛び出す。

すると、礼央がすぐに追いつき爽良の腕を掴んだ。

「爽良待って、どこ行く気？」

「どこって、早く御堂さんの魂を捜さないと……！」

「わかるけど、がむしゃらに捜したってどうにもならないでしょ。今の御堂さんは大勢いる霊の中の一体で、しかも幽体離脱中は一瞬でどこにでも行けるって話だし、人間を一人探すのとはわけが違うんだから」

その冷静な説明を聞き、確かにその通りだと、衝動がスッと萎む。

ただ、それと入れ替わるかのように、突如、ずっと抑え込んでいた苦しい気持ちがじわじわと膨らみはじめた。

「わかってるよ、本当は」

「爽良？」

「そもそも、……御堂さんは、捜してほしくないんだろうなって」

語尾が小さく震え、礼央の手にわずかに力が籠《こも》る。

これ以上言うべきではないと、おそらくこの先は弱音しか出てこないと、制御しようとする自分も確かにいるのに、それでも、一度溢《あふ》れだしてしまった感情はもはや止めることができなかった。

「多分、誰にも邪魔されずにお母さんを捜していたいんだよね。……私にも、少しくらいその気持ちわかるっていうか……。御堂さんは、命日がくるのをずっと待っていたんだろうし……」

礼央は相槌《あいづち》を打たず、爽良の背中を支えて廊下を進み、爽良の部屋に入るとダイニングルームの椅子に座らせる。

しかし、それでもなお、爽良の気持ちは落ち着かなかった。

「それに、たとえ見つけたって、追い返されちゃうかもしれないよね。私は、鳳銘館に受け入れてくれたことが嬉《うれ》しかったし、どんなに怒られても意見が対立してもやっぱり戻ってきてほしいって思うけど、……御堂さんにとっては、鳳銘館も私たちのことも本当はどうだってよくて、むしろこの日が来るまでの日々は全部消化試合くらいにしか思ってなかったのかもしれないし、だったらもう――」

ここまで言ってもなお「好きにさせればいい」という結論だけは口にできず、爽良は口を噤《つぐ》む。

むしろ、突き放すための言葉を並べれば並べる程、逆に、優しかった御堂の姿が浮かんできて止められなかった。

なにより印象深いのは、出会った当日のこと。視える自分をあっさりと肯定してくれたときの気持ちは、今も忘れられない。

心の中でいろんな思いがぐちゃぐちゃになり、爽良は椅子の上で膝《ひざ》を抱える。――そのとき。

「なに言ってんの。……絶対捕まえるよ。御堂さんがどうしたいかなんて関係ない」

礼央がサラリとそう言い、逆の言葉が返ってくることを想像していた爽良は思わず顔を上げた。

礼央はそんな爽良の頭を宥《なだ》めるように撫《な》でると、さも不満げに眉間《みけん》に皺《しわ》を寄せる。

「もちろん、死ぬことも厭《いと》わず好きで彷徨《さまよ》ってるような変人にいちいち干渉したくないよ、俺は。でも、死ぬ前にどうしても謝ってほしいことがあるから」

「謝ってほしいこと……？」

「だって矛盾してるでしょ。爽良には無謀だとか無茶するなとか散々偉そうに言って泣かしておいて、自分は誰より捨て身なことしてるわけだし。ひと言謝ってもらわないと気が済まない」

「礼央……」

「だから、意地でも一回は連れ戻す」

言葉の素っ気なさとは裏腹に、その声は力強く、そして爽良を撫でる仕草と同じくらい優しかった。

礼央が御堂にあまり良い印象を持っていないことは承知だが、それでも爽良と同じ結末を望んでくれているのだと思うと、途端に胸が詰まる。

「そう、だよね……。やっぱり、連れ戻さないと……」

「一回だけはね。その後のことまでは知らないけど」

「私は、……これからは一人で抱え込まないで、私たちと一緒に他の方法を考えようって、言いたい……」

「私たち？」

「……うん」

「やっぱやめようかな、捜すの」

「ふふっ……」

笑うと同時に涙が零《こぼ》れ、爽良の体はふわっと礼央の両腕に包まれた。

礼央の前ではやはり涙腺《るいせん》が緩むらしいと、爽良は改めて思う。

一方、礼央は爽良の頭に顎《あご》を乗せたまま、ふたたび口を開いた。

「ならひとまずは、生き霊になった御堂さんが杏子さんを捜しに行きそうな場所をリサーチしないとね。死ぬ程面倒だけど」

「リサーチ……？」

「あ、いいよそのままで。ひとまず碧さんに電話して聞いてみる」

礼央は爽良を抱きしめたまま携帯を取り出し、早速電話をかけ始める。

スピーカーにした携帯から呼び出し音が数回響き、やがて、いつもよりもトーンの低い碧の声が響いた。

「——なに？　吏なら、あれから変わりないけど」

ぶっきらぼうな口調から、気丈に振る舞おうとする心情がありありと伝わってきて、途端に胸が締め付けられる。

かたや、礼央はあくまで淡々と用件を口にした。

「これから御堂さんの生き霊を捜して連れ戻すことにしたから。だから、思い入れがありそうな場所、教えて」

「は？　っていうか、そんなのどうやって……」

「爽良には生き霊が視えるんだって」

「え？……嘘でしょ、爽良ちゃんに……？」

「いいから早く。時間ない」

「ちょっ……、ま、待って、わかった。考える」

碧は明らかに動揺していたけれど、さすがの対応力と言うべきか、声が落ち着くまではあっという間だった。

そして。

「……正直難しいんだけど、やっぱり実家は有力な候補じゃないかな。お母さんと過ごした場所だし」

碧はさっきよりも幾分明るさの戻った声で、そう言った。

爽良は納得し、礼央を見上げて何度も頷《うなず》く。

正直、当の御堂からはできるだけ実家に近寄りたくなさそうな雰囲気を感じるけれど、杏子の魂を捜すとなれば、外せない場所であることは確かだった。

「実家ね、了解」

「よろしくね。他に思い当たったらまた連絡するから」

「うん。じゃ、また——」

「あ、ちょっと待って。一応報告だけど、さっき伯父《おじ》さん、——吏のお父さんが病院に来たの。伝えないわけにいかないから、私が連絡したんだけど」

突然の報告に、爽良の心臓がドクンと跳ねる。

それも無理はなく、御堂の父と言えば善珠院の住職であり、当然ながら心霊云々《うんぬん》に関する造詣《ぞうけい》が深い。

しかし。

御堂の状態を見てどう思ったのだろうと想像すると、なんだか不安が込み上げてくる。

「でも、吏にお札を貼ってすぐに帰っちゃった。それも祓《はら》うためのお札じゃなくて、結界の方」

「体に結界？　なんで？」

「体が空になると危ないから、一応霊を閉じ込めておくって。それで、吏が戻ってきたら剝《は》がしてほしいって。私にはちょっとよくわかんなかったんだけど……」

その説明を聞いた瞬間、爽良の脳裏を過《よぎ》っていたのは、園宮と交わした会話。

そして、住職の言う「体が空になると危ない」とはおそらく、「魂が不在の体はいずれ機能が止まる」という園宮の言葉と同じ意味だろうと察していた。

「碧さん……、住職はきっと、御堂さんの姿を見て全部わかっちゃったんだと思います。……体の状態はもちろん、御堂さんがなにをしたかも」

「え？　あ、爽良ちゃんも聞いてたんだ？」

「はい、すみません……。だから、住職は御堂さんの体が死んでしまわないように、体に入り込んでる霊をあえて閉じ込めたんだと思います」

「え、それ平気なの……？　私だったらそう長くは持たないけど……」

「よくわかりません……。だけど、御堂さんがすぐに戻ってくるって信じてるんじゃないかと」

そう言いながら、なんだか目頭が熱くなった。

御堂はもう戻りたくないのではないかと悲観した爽良とは逆に、戻ってくること前提で結界を張った住職の肝の据わり方に、御堂に対する強い信頼を感じたからだ。

なんだか背筋が伸びるような感覚を覚え、爽良は滲《にじ》んだ涙を拭《ぬぐ》う。

「ともかく、なんとしても御堂さんを捜して連れ戻します。住職の気持ちに応《こた》えるためにも」

「……うん、わかった。私は吏についてるから、協力できることがあったら言って」

「はい。ありがとうございます」

電話を切ると、爽良は一度深呼吸をし、礼央を見上げる。そして。

「善珠院に、一緒に行ってくれる……？」

前へ進むための勇気がほしくて、答えのわかりきっている質問をした。


その後、爽良たちは急いで善珠院へ向かった。

事情を説明するためまずは住職を訪ねたけれど、住職は爽良が想像した通り「おおかた察しています」というひと言とともに、全面的な協力の申し出に加え、敷地内のすべての箇所に自由に立ち入る許可をくれた。

爽良たちは早速、住職が案内がてら聞かせてくれた思い出話を参考にしながら、考えつく限りの場所を、――かつて杏子が使っていた部屋をはじめ、遺品が仕舞われている納戸や杏子が気に入っていたという花壇にいたるまで、すべてを捜し歩いた。――けれど。

結局、御堂の姿を見つけることはできなかった。

「見落としたのかな……。生き霊は気配がすごく薄いし、頼りは私の目だけだし……」

次第に自信がなくなり、不安を口にした爽良の背中に、住職がそっと触れる。

「そんなことはないよ。どんなに希薄だったとしても、息子の気配なら私にも気付けると思うから」

「でも、ここにいないなら、御堂さんはどこで杏子さんを捜してるんでしょうか……。他に、二人にとって思い入れのある場所をご存じだったりしますか……？」

尋ねると、住職は困ったように視線を落とした。

「それが、妻は爽良さんのように酷《ひど》く憑《つ》かれやすい体質だったから、そもそも知らない場所に行くことを好まなくてね。吏にとっても、家にいる印象が強かったと思うよ。……可哀想なことに、二人が共に過ごせたのはほんの十年程度だけれど」

「そう、ですか」

「同じ理由で、交友関係も行動範囲も狭くてね。……だから、もしかすると吏はとうに心当たりを捜し尽くし、どこかで途方に暮れているかもしれな――」

小さな胸騒ぎを覚えたのは、住職の言葉が不自然に途切れた瞬間のこと。

咄嗟《とっさ》に視線を向けると、住職は意味深に瞳《ひとみ》を揺らす。――そして。

「だとしたら、吏はやはり……」

その言葉の続きは、聞くまでもなかった。

「鳳銘館、ですね……？」

「ええ。彼が最後に行き着く先は、やはり鳳銘館なんじゃないかと。彼がどれだけ鳳銘館の存在に縋《すが》っているかは、爽良さんもよく知っているでしょう」

「はい、……鳳銘館は、〝故人に会える場所〟ですから」

「そう。ひたすら母親を捜し続けていた彼にとって、その事実は唯一の希望だったのだろうし、庄之助さんが亡くなった後も鳳銘館を離れる素振りはまったくなかったけれど、今になって思えば母親の命日を待ち望んでいたんだろうね。……しかし、そんな命日にあれだけの危険を冒し、それでもなお再会が叶《かな》わなかったとなると、どれだけ打ちひしがれていることか」

住職が語った言葉で、心がずっしりと重くなる。

「自暴自棄に、なっていないでしょうか……」

不安に駆られて零した呟《つぶや》きが、静かな境内に弱々しく響いた。

すると、住職はかすかに笑みを浮かべ、爽良の肩に触れる。――そして。

「……どうか、吏の手を引いてやってほしい」

静かに、そう口にした。

まっすぐな視線を受けて戸惑う爽良に、住職はさらに言葉を続ける。

「吏があああなってしまった責任の多くは、私にある。だから、できれば私の手で救ってやりたいと思うけれど、……私は、吏がいつまでも後悔に囚《とら》われず生きていけるよう願うあまり、諦《あきら》めさせる方へと頑《かたく》なに導いてしまった。そんな私の言葉など、少なくとも今の吏には煩わしいだけだろうから」

その声は、まるで泣いているかのように寂しげだった。

深い愛情故の判断だとわかるだけに、やりきれない思いが込み上げ、爽良は衝動的に住職の手をぎゅっと握る。

「住職は、なにも間違ってません……。親だったら、きっと誰でも同じことをすると思います。それに、御堂さんにとっては私の存在の方がよほど煩わしいはずです。何度も苛《いら》つかせてますし、ついこの間も対立したばかりですから」

「……爽良さん」

「でも、……それでも、絶対に連れ戻します。住職にお願いされたからじゃなくて、私が会いたいから。それに、もう決めたんです。御堂さんがなんて言おうと、なにがなんでも絶対に連れ戻すって」

根拠も説得力もない言葉を次々と並べながら、これではまるで子供だと、爽良は思う。

ただ、それでも、気持ちは少しも揺るがなかった。

すると、住職がふいに小さく笑い声を零《こぼ》す。そして。

「やはり、君は庄之助さんとよく似ているね」

そう言って懐かしそうに目を細めた。

「……前にも、そうおっしゃってましたよね」

「そうだったかな。つい、彼と話しているような気になってしまって。爽良さんの方が言葉はずっと柔らかいけれど」

「ですが、私はとても庄之助さんのようには……」

「いいえ、大丈夫。君の言葉はきっと吏に届くから」

はっきり言い切られた途端、不思議と、燻《くすぶ》っていた不安がスッと消えていくような感覚を覚えた。

　同時に、礼央が爽良の背中にそっと触れる。

「爽良、鳳銘館に戻ろう」

　爽良は頷《うなず》き、住職に深くお辞儀をした。

「ありがとうございました。鳳銘館に戻って、御堂さんを捜してみます。……それで、次は御堂さんも一緒に来ますね」

「ええ、是非」

　深く頷く住職が浮かべていたのは、気丈さの隙間から後悔や痛みが垣間《かいま》見えるような、切ない微笑みだった。

　平静に見えても本音は辛《つら》いのだろうと、想像するとたちまち胸が締め付けられる。

　爽良はそんな住職の思いを預かるような気持ちで善珠院を後にし、帰路を辿《たど》った。

　碧に続き、住職の思いを背負ったことで、「絶対に連れ戻す」という誓いが、さらに強さを増したような気がした。


　鳳銘館へ着いた爽良たちは、早速建物の中を一通り回り、三〇一号室はもちろん普段は御堂しか使わない納戸や屋根裏までくまなく確認し、なんの手応えも得られないまま、引き続き庭の捜索を始めた。

　最初に東側の庭に入ると、今もまだ元気のないロンディが、爽良を見つけてクゥンと鳴き声を零す。

ロンディなりにいろいろ察しているのだろうと、爽良はその首元をそっと撫《な》でた。

「心配ないよ、大丈夫。もうすぐ、全部元通りだから。……ロンディまで不安にさせて、困った人だよね」

ロンディはまるで言葉を理解しているかのように、尻尾《しっぽ》をぱたんと振る。

爽良はもう一度ロンディを撫で、それから周囲に御堂の姿がないことを確認すると、正面玄関の前を通って西側の庭へ向かった。

しかし西側の庭もいたっていつも通りで、御堂の姿はどこにも見当たらない。むしろ周囲から伝わってくるのは、御堂がいない間に増えた妙な気配ばかりだった。

「どう？」

「ううん、いない」

礼央からの問いに首を横に振りながら、じわじわと不安が込み上げてくる。

すると、突如スワローがふわりと姿を現し、あっという間に周囲の気配を一掃すると、まるで爽良たちを先導するように裏庭の方へと向かった。

「手伝ってくれるって」

「スワロー……、ありがとう」

「でも、スワローにも生き霊は視えないんだよね？」

「そういえば、私が園宮さんの生き霊を視たときは、微妙な反応だったかも……。でも、気配が多いとどうしても気が散るし、スワローがいてくれると本当に助かる」

「そっか。……それにしても、あの人も意外に慕われてるよね」

そのずいぶんのんきな言い方に、爽良の緊張がわずかに緩む。

確かに、皆から伝わってくる御堂への思いはとても強く、なんだか背中を押されるような気持ちになった。

とはいえ、鳳銘館の中でまだ捜していないのは裏庭だけであり、プレッシャーもみるみる膨らんでいく。

落ち着かず、無意識に礼央の手に触れると、すぐに強く握り返された。

「大丈夫、絶対にいるから」

「……うん。見つける」

爽良は頷き、込み上げる緊張を無理やり呑《の》み込む。

やがて目の前に裏庭の景色が広がると、爽良は一度深呼吸をして、前を歩くスワローに続いた。

ただ、想定していたとはいえ、薄暗く鬱蒼《うっそう》とした裏庭で目視だけを頼りに実体のないものを捜すのは、なかなか骨の折れる作業だった。

気配に頼れないぶん、木や岩の裏側まで目で見て確認する必要があり、時間がみるみる過ぎていく。

いつもなら一瞬で辿り着く池すらもずいぶん遠くに感じられ、ようやく西側の突き当たりの生垣に到達した頃には、庭に出てすでに一時間以上が経過していた。

日もずいぶん傾き、焦りから鼓動が徐々に速さを増していく。

「暗くなると余計難しくなるから、急がなきゃ……」

ひと息つく時間すら惜しく、爽良はそこから東側の裏庭へ向かうため、生垣沿いに足を進めた。

「爽良、少し休んでからの方が」

「ううん、平気。今日ばかりは無理とか言ってられないから。だいたい、無茶だって怒る人もいないし」

「笑えないよ」

そう言いながらも、礼央はそれ以上爽良を止めることなく横を歩く。

この、とことん付き合ってくれる優しさにどれだけ支えられてきただろうかと、爽良は改めて痛感していた。

ただ、今は、逆に完膚なきまでに責め立てる御堂なりの優しさを、ほんの少し、求めてしまっている自分がいる。

心が折れてボロボロになったこともあるけれど、もし戻ってきてくれるなら、何度言われても構わないのに、と。――そのとき。

「あれ……？」

ほんの一瞬、視界の端の木陰になにかが隠れた気がして、爽良は思わず足を止めた。

「どうした？」

礼央とスワローから同時に視線を向けられ、爽良は慌てて首を横に振る。

なにかが動いたのは確かだけれど、それは、捜し求めている御堂の姿にしてはずいぶん小さい気がしたからだ。

「あの木陰でなにかが動いた気がしたけど、……でも、よくいる浮遊霊かも」

いたずらに期待を持たせないよう、爽良はそう説明する。

しかし。

「でも、俺はあっちからは気配を感じないよ」

礼央の言葉で、ドクンと心臓が鳴った。

爽良よりもずっと気配に敏感な礼央がそう言うのなら、爽良が視たものは間違いなく〝よくいる浮遊霊〟ではない。そして。

「ちなみに、人もいない」

「……そう、だよね」

短いやり取りによって、残った選択肢は、〝人でも霊でもないもの〟ただ一択となった。

「私、もう少し近寄ってみる。礼央たちは、ここで待ってて」

爽良はそう言うと、なにかが隠れた木陰へ向かってゆっくりと足を進める。

距離を詰めても気配は一向に濃くならず、やはりこれは浮遊霊ではないと、爽良は確信していた。

やがて、木の手前までやってきた爽良は、一旦《いったん》立ち止まっておそるおそる裏側を覗《のぞ》き込む。——すると。

視界に入ったのは、小さく膝《ひざ》を抱えて座る少年の後ろ姿だった。

真っ先に頭を過《よぎ》ったのは、やはり御堂ではなかったという小さな落胆。

しかし、だとすればこれはいったい誰なのだろうと考えた瞬間、突如、少年は勢いよく振り返り、爽良を見上げた。

「え……？」

目が合うやいなや脳裏に鮮明に蘇《よみがえ》ってくる、巣箱で見つけた写真。

その少年は間違いなく、写真に写っていた幼い頃の御堂そのものだった。

ただ、まっすぐに向けられた目に写真で見たようなあどけなさはなく、むしろ、底知れない寂しさを無理やり詰め込んだかのような虚無感が伝わってくる。

そのあまりに哀しい視線に射貫《いぬ》かれながら、爽良は理解していた。御堂が受けた心の傷は、この頃から少しも癒《いや》されることなくずっと止まったままなのだと。

「御堂さん……、帰りましょう……？」

やりきれない思いが込み上げ、爽良は幼い御堂に向けてゆっくりと手を伸ばす。

しかし、御堂は突如立ち上がったかと思うと、あっという間にその場を走り去ってしまった。

「待って……！」

今見失ったらなにもかも終わる気がして、爽良は御堂が消えた方向へ向かって咄嗟《とっさ》に駆け出す。

そして、小さな背中を必死で追いながら、――自分は御堂の悲しみの深さをまったく理解できていなかったのだと、愕然《がくぜん》としていた。

孤独感や寂しさなら少しは理解ができると思っていたけれど、自分とは到底比べものにならなかったと。

途端に、これまで御堂に対して何度も抱えてきた「救ってあげたい」という強い思いすら、ずいぶん軽々しいものに思えた。――けれど。

たとえ御堂の望みであったとしても、あの姿のまま延々と母親を捜し続けることが正しいとは、爽良にはどうしても思えなかった。

「御堂さん、駄目です……！」

今にも見失いそうな御堂の背中に向かって、爽良は息切れしながらも必死に声を上げる。

「とても、残酷な言葉かもしれないけど……、前に、進まないと……」

そう訴えながら爽良の頭に浮かんでいたのは、「いつまでも後悔に囚《とら》われず生きていけるよう願うあまり、諦《あきら》めさせる方へと頑《かたく》なに導いてしまった」と語った、住職の懺悔《ざんげ》。

そこには強い後悔が滲《にじ》んでいたけれど、御堂の魂を見てしまった今、爽良は住職の思いに共感していた。

住職は、御堂の心の状態をよく理解し、だからこそ御堂に反発されようと前へ導いたのだと。

見失ってはならないという気持ちがさらに強まり、爽良は悪路の中、必死に足を動かす。

すると、そのとき。

御堂はガーデンに差しかかったあたりで突如ピタリと動きを止め、上を見上げた。

その視線の先にあるのは、ガーデンテーブルの傍にぽつんとひとつ設置された、不恰《ぶかっ》好《こう》な巣箱。

爽良はその行動を意味ありげに感じながらも、御堂を連れ戻すことで頭がいっぱいで、ようやく目前に迫った御堂に向けて手を伸ばした。――しかし。

その肩に手が届く、寸前。

電気が走るかのような衝撃とともに、爽良の体は背後へ大きく弾《はじ》け飛び、地面に思いきり叩《たた》きつけられた。

なにが起きたのか理解できず、たちまち頭の中が真っ白になる。

ただ、そんな混乱の最中《さなか》、大怪我を負ってもおかしくないくらいの体感とは裏腹に、痛みがまったく襲ってこないことに強い違和感を覚えていた。

わけがわからないまま、爽良はおそるおそる体を起こす。

そして、目の前に広がった光景に、息を呑んだ。

——なに、これ……。

目線の先にあったのは、ぽつんと佇《たたず》む自分自身の背中。

それは突如ガクンと膝をつき、地面に崩れ落ちた。そして。

「爽良！」

よく知る声が響き咄嗟に振り返ると、視界に入ったのは、慌てて駆け寄ってくる礼央とスワローの姿。

しかし。

——礼……。

礼央は爽良の声に気付くことなく横を素通りし、まさに今、目の前で倒れた爽良の体を抱き起こした。

その瞬間、爽良の頭を過ったのは、ひとつの可能性。

——これって、まさか……。

幽体離脱ではないか、と。

思い立った仮説には、妙に納得感があった。

というのも、自分の姿を俯瞰《ふかん》しているこの状況が、園宮が語った幽体離脱の体験談とまったく同じだったからだ。

それと同時に頭を過ったのは、魂が体から離れている時間が長ければ長い程危険であるという怖ろしい説明。

急いで戻らなければと、爽良は慌てて自分の体へ向かう。

しかし、そのときふいに、目線のずっと先の方にぽつんと佇む幼い御堂の姿が目に入った。

御堂は空虚な目で森の中をぐるりと見渡し、それから寂しそうに視線を落とすと、木々の間に紛れるように消えていく。

――待っ……。

慌てて声を上げたものの、反応はない。

その瞬間、爽良の心の中で、大きな迷いが生じた。

このまま体に戻らず、御堂と同じく生き霊でいた方が後を追いやすく、対話も叶《かな》うのではないかと。

というのは、たった今視た御堂の姿は、爽良が体から弾き出される前よりもずっと鮮明に視えた。

やはりこのまま追うべきだと、そもそも体に戻っていては見失ってしまうかもしれないと、爽良は覚悟を決め、御堂が消えて行った方へ足を踏み出す。

倒れた爽良を抱き起こす礼央の姿に胸が押しつぶされそうだったけれど、爽良は苦しい思いを無理やり押し殺し、さらに足を進めた。そして。

――絶対、戻ってくるから。

すれ違いざま、聞こえないとわかっていながら、誓いを込めるように礼央の背中に声をかけた。

生き霊となって彷徨《さまよ》う裏庭は、見慣れた風景とは明らかに違っていた。

思い返していたのは、幽体離脱して彷徨う世界を『歪《ゆが》んだ現実世界』と表現した園宮の言葉。

もっとも実感したのは、裏庭のありえない広さだった。

どれだけ歩いたところで建物にも生垣にも突き当たらず、地面には、どこへ続いているのかわからない脇道が何本も走っている。

それどころか、時折あるはずのない遺跡のようなものが現れたり、見上げても樹冠が見えない程の巨木があったり、不気味な虫が飛び交っていたりと、まるで空想の世界に入り込んだかのような奇妙さがあった。

園宮はこの『歪んだ現実世界』を神秘的で美しいと語っていたが、当然ながら、爽良にはそんな悠長な感想を持てる程の余裕はない。

ただ、そのとき教えてもらった、〝魂の状態で見た世界には自分の記憶や想像も混ざる〟という分析に、妙に納得できてしまっている自分がいた。

もしその通りなら、裏庭が現実の何倍も広く鬱蒼《うっそう》としているのは、鳳銘館に来た当時に爽良が裏庭に対して抱えていた印象が反映されているせいだろうと。

そう考えると、裏庭にあるはずのない遺跡や巨木や虫もまた、爽良の記憶の奥深くに存在する不気味な景色が、怖ろしいという感情に紐付《ひもづ》いて引っ張り出されたのではないかと推測できる。

もちろんなんの根拠もないけれど、すべて自分の記憶が作り出した景色だと思えば、恐怖が少しだけ和らぐ気がした。

そんな中、爽良は御堂の姿を求め、膝《ひざ》まである草をかき分けながらひたすら先へと進む。

すると、間もなく小さな池に辿《たど》りついた。

それは、距離感や位置関係はまったく違うものの、裏庭の西側にある池と同じ形をしていた。

ようやく現実の風景と近いものを目にした安心感からか、爽良はほっと息をつく。

しかし、突如バシャンと水の音が響いて視線を向けると、そこには、地面に這《は》いつくばって池の中に両手を突っ込む男の姿があった。

爽良は思わず息を呑《の》む。

なぜなら、その男は忘れもしない、かつてこの池で父親の形見を必死に捜していた長谷川吉郎に違いなかった。

吉郎の魂は父親の形見を見つけた時点で浮かばれているはずだが、そのあまりに必死な形相を見ているうちに、当時覚えた恐怖が蘇《よみがえ》ってくる。

園宮の理屈通りなら、吉郎の姿もまた、自分の記憶が作り出したものに他ならない。

けれど、それがわかっていてもなお、とても冷静ではいられなかった。

爽良はひとまずその場を離れようと、じりじりと後退《あとずさ》る。

しかし、吉郎は突如ピタリと動きを止め、ゆっくりと顔を上げた。

たちまちどろりと濁った視線に捉《とら》えられ、心臓が一気に鼓動を速める。

爽良はもはやパニック寸前で、無我夢中で後ろへと駆け出し、来た道を戻った。

しかし、ついさっき通ったはずの景色はまるで別の場所のように変わっていて、左右は深い闇に包まれ空気もどんよりと重い。

さらに、あらゆる方向から夥《おびただ》しい数の視線を感じた。

これも幻覚だと、すべては恐怖心が生み出したものだと、爽良は無理やり自分にそう言い聞かせる。

けれど、それでも恐怖は膨らむ一方で、周囲の空気がそれと連動するかのようにみるみる重く澱《よど》んだ。――そのとき。

突如なにかにぶつかり、爽良は弾かれるように後ろに倒れ込む。

途端に周囲が異様な気配に包まれ、ふいに嫌な予感が込み上げてきた。

爽良はひとまず上半身を起こし、ぶつかったものを確認するために頭上を見上げる。

――瞬間、視界に入ったのは、首を吊《つ》ってふりこのようにゆらゆらと揺れる、髪の長い女性のシルエットだった。

これは、前に裏庭で遭遇した華族の霊だ、と。

思い当たるまで、さほど時間はかからなかった。

これも吉郎と同様に幻覚だと頭ではわかっているのに、その姿はあまりにおぞましく、全身が硬直して上手《うま》く身動きが取れない。

しかも恐怖はそれだけで終わらず、突如背後から熱を感じて振り返ると、燃えさかる炎が辺りをみるみる焼き尽くしていく怖ろしい光景が広がっていた。

その炎の中心に佇んでいたのは、怨《うら》みがましい目で爽良を睨《にら》む紗枝の姿。

――紗枝、ちゃん……。

まるでトドメを刺されたかのように、爽良の思考が止まった。

もはや幻覚だとか妄想だとかは関係なく、次々と目に映るものすべてが、爽良の心を追い詰めていく。

ここで折れてはならないと、このままでは御堂の魂を見つけるどころか、自分の体に返ることすらままならないという焦りも確かにあるのに、頭も体も思うように動いてくれなかった。

――誰か……。

なかば無意識に呟《つぶや》いたのは、救いを求める言葉。

真っ先に礼央の顔が浮かんだけれど、礼央がここに来られないことは火を見るよりも明らかだった。

それでも、誰でもいいから助けてほしいと、どうかここから連れ出してほしいと、爽良は闇の中に震える手を伸ばす。

　すると、そのとき。

　誰にも触れるはずのなかった爽良の手は、突如、温かく柔らかい感触に包まれた。

　――え……？

　咄嗟《とっさ》に視線を上げたものの、姿はどこにもない。

　ただ、繋《つな》がった手からは、曖昧《あいまい》ながらも気配が伝わってくる。

　――誰……？

　問いかけに、返事はなかった。

　しかし、突如、その弱々しさからは考えられないくらいの力で手を引かれ、周囲を取り巻いていた炎があっという間に遠ざかっていく。

　いったいなにが起きたのかまったく理解ができなかったけれど、ただ、手を引いてもらう感触には、不思議なくらいに安心感があった。

　やがて、連れていかれるまま移動を続けているうちに、目線のずっと先に、ぽつんと小さな光が現れる。

　それは近寄るごとに少しずつ大きくなり、張り詰めていた空気もそれと比例してゆっくりと緩んだ。――そのとき。

『――どうして私だけこんなに下手なんだろう……。二人はとっても上手なのに』

突如響いた、女性の声。

爽良は驚き、同時に違和感を覚える。

なぜなら、ここは自分自身の記憶で作り上げられた世界のはずなのに、その声にはまったく聞き覚えがなかったからだ。

こんなにはっきりと響いているにも拘《かかわ》らず、少しも記憶の糸に触れないなんてことがあるだろうかと、爽良は不思議に思いながらさらに足を進める。

すると、正面にあった光はやがて視界いっぱいに広がり、爽良の目の前には、裏庭のガーデンの風景が広がった。

そこには闇も炎も怖ろしい気配もなく、爽良は一瞬、現実に戻ってきたかのような錯覚に陥る。

けれど、よく見ればガーデンチェアは一脚しかなく、どうやらこれも過去の風景らしいとすぐに察した。

ただ、それを加味してもなお、ガーデンの様子が爽良の記憶と微妙に違う気がして、爽良は目の前の風景を注意深く観察する。

そのとき、突如ガーデンテーブルの手前に三人の人影が浮かび上がった。――そして。

『別に下手でも、鳥はそんなの気にしないよ』

三人のうち、三十代半ばくらいの男性が、穏やかな声でそう呟いた。

『そう？　だったらいいんだけど』

答えたのは、最初に聞こえた声の主と思《おぼ》しき女性。

男性よりも明らかに若いその女性は、地面に座り込んでなにやら工作をしているらしく、周囲にはノコギリや木材が散らばっていた。

すると、今度は女性と同年代くらいの青年が楽しそうに笑う。

『確かに鳥は気にしないと思うけど、君が作ったやつはできるだけ低いところに設置したほうがいいね。いつ落っこちてくるかわからないから』

『なにそれ、酷《ひど》くない？　お坊さんがそんな意地悪言っていいの？』

『だからこそ、鳥の安全も考えてやらないと』

そのいかにも気心の知れた会話を聞きながら、爽良は密《ひそ》かに察していた。一番年上に見える男性は、若かりし頃の庄之助ではないかと。

さらに、女性が口にした「お坊さん」という言葉から、もう一人の青年は善珠院の現住職である御堂の父であり、そして女性の方は、母の杏子ではないかという推測が次々と浮かぶ。

その上で改めて見てみれば、庄之助や住職にはどことなく面影があった。

つまり、ガーデンの周囲に設置されているたくさんの巣箱は、この三人の手で作られたものだったのだと、爽良は察する。

ひとつだけ不恰好《ぶかっこう》な巣箱が低い位置に設置されていた理由もまた、繰り広げられた会話から明らかになった。

三人は本当に仲がよさそうで、たびたび笑い声が響き渡り、爽良はその様子を微笑ましくも不思議な気持ちで眺める。

しかし、そのとき。爽良の脳裏にふと、――これはいったい誰の記憶なのだろうという疑問が浮かんだ。

爽良は今、現実と自分の記憶が混ざった、園宮が言うところの『歪《ゆが》んだ現実世界』にいるはずだが、目の前の光景は現実でもなければ爽良の記憶でもない。

つまり、状況から考えられるとすれば、爽良の『歪んだ現実世界』に、自分以外の記憶が混ざっている可能性がある。

――でも、この記憶を持ってるのは、目の前の三人くらいしか……。

ふと零《こぼ》した疑問が、周囲に小さく響いた。――瞬間、誰かに握られたままだった手にかすかに力が込められる。

――え……？

まるで肯定しているような反応に、爽良の心臓がドクンと鳴った。

それと同時に、爽良の脳裏に確信に近い推測が過《よぎ》る。

この曖昧で弱々しく、しかし温かく優しく導いてくれた気配は、――杏子ではないだろうかと。

しかし。

――あなたは、もしかして……。

問いを最後まで口にする隙は与えられないまま、目の前がスッと暗くなった。

過去の三人の姿も、爽良の手に触れる感触もすべて消え、爽良は戸惑いの視線を彷徨《さまよ》わせる。

すると、今度は暗闇の中に小さな人影が浮かび上がった。

見れば、それはついさっき見失った、幼い御堂の姿。

御堂はガーデンチェアの上で膝《ひざ》を抱え、寂しそうな目で裏庭を眺めていた。

空虚で寂しげな雰囲気を纏《まと》い、視える景色の中で一番暗い場所に目を凝らす姿は、とても悲しく痛々しい。

しかし、よく見れば、その背中にはぽつんと小さな光が見えた。

それは、見間違いとも取れるくらいの小さな光でありながらも、確かな気配が感じられる。

そして、爽良は、その気配に覚えがあった。――ついさっきまで、傍にいてくれた気配と同じだ、と。

それを察すると同時に、胸がぎゅっと締め付けられる。

気付けば、爽良は衝動に駆られるように、御堂に向かって足を進めていた。

――御堂、さん。

ゆっくりと近寄ると、感情を宿さない御堂の視線が爽良へと向けられる。

――あなたの、お母さんは……。

爽良の言葉に反応してか、御堂の表情がさも不快そうに歪んだ。

たちまち周囲の空気も重く沈み、それらは体にまとわりつくかのように爽良の動きを制する。

伝わってくるのは、魂ごと押しつぶされてしまいそうな程の明確な拒絶。

ただ、そんな状況でもなお爽良を突き動かしていたのは、どうしても伝えなければならないという強い思いだった。

――お母、さんは、あな、たが……。

みるみる重い空気が体にのしかかり、言葉が途切れる。

御堂の表情に変化はなく、もはや、爽良の声に耳を傾ける気なんてないのかもしれないと、強い不安に駆られた。

けれど、それでも諦《あきら》めるわけにはいかず、爽良は必死に声を絞り出す。そして。

――お母さんの居場所は、……あなたがずっと捜し続けているような、暗い場所じゃない……。

そこまで一気に口にすると、御堂の瞳《ひとみ》がほんのかすかに揺れた気がした。

その反応に手応《てごた》えを感じ、爽良は苦しさを堪《こら》えながらも御堂に向けて震える手を伸ばす。

――お母さんは、悪霊なんかじゃ、ないよ……。とても小さいけれど、ずっと、そこに――。

ついに力尽きた瞬間、ずっしりと重い闇が爽良の体を包んだ。

伝わらなかったと、もっと信頼関係を築けていればと、どうにもならない後悔が頭を巡る。

――しかし。

力なく下げた爽良の手に伝わってきたのは、とても小さな手のひらの感触。

それは、さっき爽良を導いた杏子の手とは明らかに違い、弱々しく震えていた。

爽良は、今にも闇に呑《の》まれてしまいそうな意識を無理やり繋《つな》ぎ止め、ゆっくりと顔を上げる。

すると、そこには、不安げに爽良を見つめる御堂の姿があった。

――御堂、さん……？

不思議と声が出て、全身がふわっと軽くなる。

ただ、重い空気と入れ替わるかのように、目の前にしゃがむ幼い御堂から、不安にまみれた小さな期待が伝わってきた。

そして。

『どこ』

ふいに、御堂の呟《つぶや》きが響く。

――え……？

『どこに　いるの』

その問いが誰を指しているかは、わざわざ聞くまでもない。ただ、御堂がどうしてそんな質問をしてきたのか、爽良にはわからなかった。

なぜなら、御堂が捜し求めている母親の気配は、今も優しい光を放ちながら、御堂の肩にぴったりと寄り添っていたからだ。

——わから、ないの……？

まさかと思い問いかけると、御堂は瞳を大きく揺らす。

そして、今にも泣きだしそうな表情で、小さく頷《うなず》いた。

なんだかたまらない気持ちになり、爽良は小さな手をぎゅっと握る。そして、それを御堂の肩へゆっくりと誘導した。

——ここ、だよ。

正直、爽良には、自分だけに杏子の放つ光が視える理由も、逆に御堂に視えない理由もまったくわからなかった。

だから、御堂に杏子の気配を感じ取れるのかどうか、自信がなかった。

御堂は、そんな不安を抱える爽良の前で、肩のあたりに伸ばした小さな手を心許《こころもと》なげに彷徨わせる。——すると。

突如、杏子の気配を帯びた光がするりと御堂の手の中に入り、優しい熱を放った。

御堂が目を見開いたのは、その瞬間のこと。

——見つ、かった……？

爽良の問いの答えは、御堂の目からぽろりと流れ落ちた涙が物語っていた。

御堂はまるで杏子と手を繋ぐかのように、拳《こぶし》を優しく握り締める。

そして。

『暗い場所に　いたんじゃ　なくて――』

よかった、と。

涙の混じる声が響き渡るとともに、爽良の意識は曖昧《あいまい》になった。


「爽良……！」

意識を取り戻した瞬間に感じたのは、よく知る体温と香り。

ゆっくり目を開けると、間近から心配そうに爽良の顔を覗《のぞ》き込む、礼央とスワローの姿があった。

どうやら無事に体に戻れたらしいと、爽良はまだ覚醒《かくせい》しきれていない頭でぼんやりと察する。

とはいえ、自分で戻ってきた記憶はなく、爽良は不思議に思いながら、さっきまでの記憶を順番に辿《たど》った。

すると、真っ先に脳裏を過ったのは、涙を流す御堂の姿。思考が一気に覚醒し、爽良はガバッと体を起こす。

「み、御堂、さんは……！」

しかし、いきなり動いたせいか、または幽体離脱の後遺症か、たちまち酷《ひど》い眩暈《めまい》を覚えた。

礼央はそんな爽良の体を支え、深い溜《た》め息をつく。

「御堂さんは……、じゃないよ。どれだけ心配したと思ってんの」

口調はいつも通りだけれど、背中に回る腕から深い安堵《あんど》が伝わってくる。

爽良は途端に我に返り、衝動的に礼央の胸に額を寄せた。

「ご、ごめん……、今、本当にいろいろなことが……。で、でも、もう大丈夫だから……」

「……！」

「こっちは最悪の展開まで過《よぎ》ったんだけど」

「だ、だけど、ちゃんと戻って来られたし……、自分ではなんにもしてないから、不思議なんだけど……」

なんて要領を得ない説明だろうと思いながらも、伝えたいことが渋滞し、うまく言葉がまとまらない。

しかし礼央はとくに追及することなく、まるで存在を確かめるかのように爽良の背中に両腕を回した。

少し苦しかったけれど、まだ不安げな礼央の呼吸を間近で聞いているうちに、無事に戻って来られたという実感がじわじわと込み上げてくる。

安心からか自然と涙が滲《にじ》み、零《こぼ》れないよう慌てて上を向くと、礼央がわずかに体を離し、指先で爽良の目尻《めじり》を拭《ぬぐ》った。

そして、脱力したように爽良と額を合わせる。

「……若干回復したから、御堂さんの話聞くわ」

そう言われた瞬間、ようやく落ち着きはじめた心にふたたび緊張が走った。

「そ、そう！　碧さんに連絡しないと……！」

「俺がする。なんて言えばいい？」

「御堂さんの魂が体に戻ると思うから、住職が貼ったっていうお札を、剝《は》がしてほしくて……！」

「お札ね。わかった」

目覚めて以降まともな説明ひとつしていないというのに、察しのいい礼央はその言葉から概《おお》ね理解したのだろう、質問ひとつせずに早速碧に電話をかけはじめる。

爽良はその素早い対応に感謝しながらも、正直、少しだけ不安を覚えていた。

というのは、母親の気配に触れた後の御堂がどうなったのかを、途中で意識が途切れてしまった爽良は見届けていない。

ただ、あのとき見せた御堂の涙にはこれまでのような空虚さはなかったはずだと、信じるしかなかった。

やがて、礼央は碧との電話を手短に終えると、立ち上がって爽良に手を差し出す。

「行くんでしょ？　病院」

爽良は大きく頷き、礼央の手を取りながら、――ふと、怖ろしい記憶に呑まれそうだった自分を導いてくれた、杏子の優しい気配を思い出していた。

とても曖昧で小さい気配ながらも、あのとき感じた心強さや安心感は、今も忘れられない。

同時に、――視えなかった御堂にも同じものが伝わっているだろうかと、そうだといいのにと、願わずにいられなかった。


その後、タクシーで御堂の病院へと向かいながら、爽良は幽体離脱中の出来事を礼央に報告した。

ある意味予想通りだったけれど、礼央がなにより疑問を持っていたのは、杏子の気配が爽良だけに視えたという部分だった。

その事実により、御堂が何年捜し続けても杏子を見つけられなかった理由が明らかになったものの、正直それは、スッキリできるとは言いがたい結論だった。

あれだけ求め続けていた御堂に視えないなんて、あまりに残酷だと。

もちろん、目覚めた御堂がその事実をどう受け止めるのかなんて、爽良には想像もつかない。

ただ、少なからず苦しい思いをするだろうと、爽良は張り裂けそうな思いを抱えたまま、ようやく到着した病室へと足を踏み入れた。

しかし。

「――これって、どういう……」

爽良が目にした御堂の姿は、どの予想とも違っていた。

「意識は、戻ったんだけど……」

碧の説明を聞きながら、爽良の不安がみるみる膨らんでいく。

なぜなら、御堂はうっすらと目を開けていながらも視点が合っておらず、喋《しゃべ》るどころか瞬《まばた》きひとつせずにただ呆然《ぼうぜん》としていた。

もはや意識がない状態と変わりがなく、爽良は衝動的に御堂の手を両手で握る。

しかし反応はまったくなく、手を離すと同時に御堂の手はぽすんと布団に沈んだ。

言葉を失う爽良の横で、碧が苦しげに視線を落とす。

「お札を剝がした後すぐに意識を戻して、……吏の気配には違いないんだけど、それからずっとこの状態。お医者さんいわく数値は全部正常らしいんだけど、なにせこの状態だから、改めて精密検査するって。でも、検査でわかるはずないよね、そもそも病気じゃないんだもの」

「……碧さん的には、どういう状態だと思いますか」

「ただの想像だけど……、吏はしばらく体を離れてたし、しかもその間に別の魂に乗っ取られてたわけだしさ。……体に無理が出たとしても、おかしくないとは思う」

その話を聞き、爽良はついさっき自分が経験したばかりの、幽体離脱の後に覚えた強い眩暈を思い出していた。

あのときはすぐに収まったものの、とはいえ爽良が体を離れていた時間は、目覚めたときの周囲の明るさから考えて、せいぜい数十分程度。

だとすれば、その何倍もの時間を彷徨《さまよ》っていた御堂の体に強い不具合が出たとしても、不思議ではない。

「じゃあ、待ってれば回復するはずですよね……」

だとすれば待つのみだと、爽良はひとまず自分を落ち着かせる。

けれど、どれだけ待っても一向に反応を見せない御堂の姿を見ていると、次第に言い知れない不安がじわじわと込み上げてきた。

「なんだか、こうも全然動かないと不安なんですけど……、ちゃんと、元に戻るんでしょうか……？」

爽良は祈るような気持ちで、碧を見つめる。

しかし、爽良の期待に反し、碧は視線を落とした。

「ごめん、わからない。……ただ、正直に言うと、吏のような強い魂の持ち主が多少体から離れたからって、こんなに支障が出るものなのかなっていう疑問も、ちょっとだけあるっていうか……」

不安げな語尾に、爽良の心臓がドクンと大きく鼓動する。

「つまり、……どういうことですか？」

待ちきれずに続きを促すと、碧は辛《つら》そうな表情を浮かべてふたたび口を開いた。

「だから、他にも戻ってこない理由があるんじゃないかって……。たとえば、吏自身に、戻ってきたいっていう意思がない、とか」

「え……？」

その言葉の意味を理解するまで、少し時間が必要だった。

しかし、途端に爽良の脳裏に蘇《よみがえ》ってきたのは、幽体離脱中に見た御堂と杏子の再会風景。

「で、でも、御堂さんは杏子さんを見つけたんですよ……？　正確には、ほんのかすかに気配が伝わったっていう程度だと思いますけど、それでも再会できたんです……。杏子さんは悪霊になっていなくて、御堂さんはそれをすごく喜んで……」

爽良は感情が込み上げるままにそう口にする。

しかし、碧は頷《うなず》くことなく、むしろ辛そうに視線を落とした。

「なにがあったかは、お札を剥がしてって言われた時点で察してる」

「だったら……！」

「だけど、吏の人生の最大の目的が果たされたってことはさ、……言い方を変えれば、人生に執着する理由がなくなったってことにもならない……？」

途端に、全身の体温がスッと冷えていくような感覚を覚えた。

「つまり……、目的が果たされた以上、御堂さんには生きる理由がないってことですか震える声で絞り出した問いに、碧は首を縦にも横にも振らなかった。

今すぐ否定してほしいと不安を覚える一方で、爽良も反論を躊躇《ためら》う。

なぜなら、御堂が杏子の魂捜しに人生を懸けていたことは、否定しようのない事実だからだ。

しかし。

「……なに、言ってるんですか」

そのときの爽良の心の中には、不安と同じくらいの勢いで、強い憤りが込み上げていた。

「杏子さんを捜すことは、御堂さんにとって人生最大の目的だったと思いますし、生きる目的の大部分を占めてるんだろうって、確かに私も感じてましたけど、……でも、だからって、それしかないなんてこと、あります……？」

「爽良ちゃん……」

声が震える爽良に、碧が戸惑いを見せる。

それでも、一度溢《あふ》れ出した感情は、もうどうやっても止められなかった。

「いい大人になるまで殻に閉じこもってた私ですら、鳳銘館にきて本音で人と関われるようになって、自分の人生を少しだけ前向きに考えられるようになったんです。忘れたくて無理やり封印した過去まで、取り戻したいって思うくらいに。……そんな私より何倍も多くの人と深く関わって生きてきた御堂さんが、これまで過ごしてきた過去をどうでもいいなんて、そんなこと思うでしょうか……」

病室が、しんと静まり返る。

延々と喋りながら、これはすべて自分の基準だと、押し付けだと考えている冷静な自分もいた。

けれど、言葉を止めた瞬間に碧の推測を受け入れなければならないような気がして、それが怖くてたまらなかった。

爽良はふたたび御堂の手を取り、ぎゅっと力を込める。

「御堂さん、戻ってきてください……。杏子さんは、御堂さんのすぐ傍にいたじゃないですか……。御堂さんに視えなかった理由はわからないけど、会いたいときは私がまた見つけてあげますから……」

どこも見ていない御堂の目が悲しく、胸がぎゅっと締め付けられた。

「そもそも、御堂さんがこれまで散々幽体離脱しても無事でいられた理由は、お母さんが傍で守ってくれていたからじゃないんでしょうか……。だとしたら、それも無駄にしちゃっていいんですか……？」

どんな言葉も素通りしていく感覚が虚《むな》しくて寂しくて、堪《こら》えられずに込み上げた涙で視界がぼんやりと滲《にじ》む。

「爽良」

見ていられないとばかりに、礼央が爽良の肩にそっと触れた。

けれど、爽良は首を横に振り、もどかしさや腹立たしさを全部吐き出すくらいの勢いで、さらに言葉を続ける。――そして。

「本当にどうでもいいって思ってるなら……、それこそ礼央が言ったように、私をあんなにこてんぱんに怒ったこと、謝ってください……！」

渾身《こんしん》の訴えが響き渡った、瞬間。――ふいに手首を摑《つか》まれ、咄嗟《とっさ》に顔を上げた爽良は思わず目を見開いた。

「え……」

目線の先にあったのは、爽良をまっすぐに捉《とら》える御堂の瞳《ひとみ》。

そこには、さっきまでは確実になかった強い光が宿っていた。

「え、吏……？」

固まる爽良の背後で、碧の動揺した声が響く。

やがて、呆然《ぼうぜん》とする爽良を前に御堂は辛そうに顔を歪《ゆが》め、それから、爽良が握る手をそっと揺らした。

「……ごめん、手、引っ張ってくれる？」

「…………」

「起きたいんだけど、全身が痛くてうまく動けないんだ」

あまりに普段通りの口調に混乱しながらも、爽良は言われるがままに御堂の手をゆっくりと引く。

　すると、御堂は苦しげに呼吸を乱しながら、上半身を起こした。――そして。

「ってか、勝手な妄想やめて」

　さも不満げに、そう零《こぼ》した。

「え……？」

「目的が他にないとか戻りたくないとか、あと、いきなり謝れとか」

「……聞いて、たんですか」

「聞こえてたよ、全部。体になかなか馴染《なじ》めなかっただけで。……それに、裏庭でのことも全部覚えてる」

「全部……って」

「全部。母のことも、――あと」

　語尾が意味深に途切れ、なんだか不安が過《よぎ》る。

「あと……？」

　催促すると、御堂は逡巡《しゅんじゅん》するように間を置き、唐突に爽良の腕を摑んでそっと引いた。

「……悪いけど、もうちょっとこっち来て」

「え、なん……」

「いいから」

　突然のことに戸惑いながらも、爽良は引き寄せられるまま御堂との距離を詰める。――

──瞬間。

爽良の体は、御堂の両腕にすっぽりと収まった。

いきなりのことに頭の中は真っ白で、心臓がドクドクと鼓動を速める。

しかし。

「──ありがとう」

両腕から伝わる力とは裏腹な、か細いお礼の言葉が聞こえた途端、堪える間もなく大粒の涙が零れた。

確認したいことが数えきれない程あったはずなのに、「ありがとう」のひと言がすべてを物語っている気がして、爽良は御堂の背中をそっと撫《な》でる。

「もう、……心配、いらないんですよね……？」

念押しするように問いかけると、御堂はゆっくりと頷いてみせた。

「うん。もう全部終わったから」

「そう、……ですか」

「君は、俺の恩人だ」

「私は、そんな──」

言い終えないうちに両腕にさらに力が込められ、言葉が途切れる。

すると、御堂は突如小さく笑い、ようやく体を離した。そして。

「まだ全然伝え足りないんだけど、すごい殺意を感じるからこのくらいにしとくよ。…

…今日のところは」

そう言って礼央に煽《あお》るような笑みを向けたかと思うと、いきなりナースコールを押す。

そして、看護師が駆けつけるやいなや「今すぐ退院する」と言い放った。

看護師は困惑し、慌てた碧がすぐに止めに入ったものの、二人がかりでも御堂は聞く耳を持たず、検査着を脱ぎ捨て着替えはじめる。

その混沌《こんとん》をぼんやりと眺めながら、爽良はいまだ整理しきれていない怒濤《どとう》の展開を、頭に巡らせていた。

しかし、考えたところでわからないことが多く、現時点ではっきり言えるのは、御堂が戻ってきたという目の前の事実のみ。

ただ、今は、それだけで十分な気もしていた。

そのとき、ふいに肩に触れられて振り返ると、礼央と目が合う。

礼央は、相変わらず看護師との応酬を続ける御堂に一度チラリと視線を向け、それから爽良の腕を引いた。

「うるさいから先に帰ろう」

「え、でも」

「騒いだって、どうせ今日の退院は無理だよ。時間も遅いし、当の本人がまともに動けないんだから」

「そ、そう、だけど……」

「それに、なんだか面倒臭いことになりそうな予感がするから、今のうちに一旦《いったん》落ち着きたい」

「面倒臭いこと？」

聞き返したものの返事はなく、礼央は爽良を連れて早速病室を出る。

ただ、手を引く力はいつもよりも強く、纏《まと》う雰囲気も普段とは違う気がして、なんだか胸が騒いだ。

「ね、ねえ……、とりあえず、心配したような最悪の展開にならなくてよかった、よね……」

不安に駆られ、様子を窺《うかが》うつもりで尋ねてみたものの、礼央の表情に変化はない。しかし。

「別に、碧さんの心配が的外れだっただけでしょ」

礼央は振り返りもせず、少しぶっきらぼうにそう答えた。

やはりなにかがおかしいと確信したものの、とはいえどうすればいいかわからず、廊下に響くいつもより速い足音が、ひたすら爽良の焦りを煽る。

「あの、礼央」

「うん」

名を呼んでも、振り返ってくれそうな気配はなかった。

「ちょっ……、聞いて」

爽良はなかば強引に足を止め、礼央の腕を引く。

すると、礼央はようやく足を止め、振り返った。

「心配しなくても、あの人はもう大丈夫だよ。明日には普通に鳳銘館に帰ってくると思うし」

「え？……いや、そうじゃなくて」

「だいたい、魂は体まで戻ってきてたわけだから、そこまで心配する程のことでもなかっ――」

「だから、そうじゃなくて……！」

思わず大きな声が出てしまい、爽良は慌てて手のひらで口を覆う。

同時に、礼央も我に返ったように瞳《ひとみ》を揺らした。

爽良は改めて周囲に人がいないことを確認し、ふたたび礼央をまっすぐに見つめる。

そして。

「今私が心配してるのは、礼央だよ」

戸惑いながらもそう伝えると、礼央は大きく目を見開き、それから脱力したように息をついた。

「礼央……？」

感情がわからず、爽良は礼央の袖《そで》を引っ張り、顔を覗《のぞ》き込む。

しかし、爽良の不安を他所《よそ》に、礼央の表情はすっかりいつも通りに戻っていた。

「ごめん」

「どうして謝るの……？」

「いや、自分の心の狭さにびっくりしたから」

「心の狭さ……？　なんの話……」

「いや、とにかくもう大丈夫。……それにしても、久々に腹が立ったな」

「え？……どうして――」

投げかけた問いは、礼央がふたたび歩きだしたことで曖昧《あいまい》に途切れる。

答えが気になったけれど、前を歩く礼央の横顔にいつものような余裕がない気がして、それ以上は聞くことができなかった。

「……礼央も怒ること、あるんだ」

なかばひとり言のように呟《つぶや》くと、礼央は呆《あき》れたように肩をすくめる。そして。

「あるよ。というか、驚く程心が狭くなる瞬間がある。……らしい」

なんだか他人事《ひとごと》のようにそう言い、小さく笑った。

言葉の意味はよくわからなかったけれど、むしろ、あえてわからないような言い方をしているような気もして、爽良は曖昧に頷《うなず》く。

ただ、その少しだけ柔らかさの戻った目を見ているうちに、不安はいつの間にかすっかり払拭《ふっしょく》されていた。

御堂が退院したのは、翌日の昼過ぎのこと。

御堂は退院すると騒いだ後、碧と看護師から説き伏せられて結局一晩様子を見ることになり、それが相当不満だったのか、タクシーで鳳銘館に着くやいなや碧と言い争いをしていた。

玄関前まで出迎えに出ていた爽良は、その様子に思わず身構えたけれど、御堂は爽良の姿を見つけるとすぐに傍へ来て、頭にぽんと手のひらを載せる。そして。

「いろいろ説明したいから、後で談話室に来て」

そう言って、すぐに階段を上っていった。

追いついた碧がその背中を目で追いながら、顔を引き攣《つ》らせる。

「ねえ、今の吏、なんか不気味じゃなかった……？」

「ぶ、不気味、ですか？」

「なんていうか、声が甘ったるかったっていうか」

「…………」

甘ったるいは言い過ぎにしても、声も態度もいつになく柔らかかったのは確かで、爽良は困惑する。

すると、碧は突如楽しげに、ニヤニヤと笑った。

「なんだか、ややこしいことになりそうな予感」

「はい……？」

「とりあえず、吏と話すなら礼央くんも連れて行きなね。私はその後でゆっくり聞くからさ」

「え、一緒に行かないんですか?」

「いや、だって邪魔になるし」

「邪魔……? なんの話を……」

「とにかく、私は部屋に戻ってるから、また後でね!」

碧はそう言うと、ポカンとする爽良に意味深な笑みを浮かべ、御堂に引き続き階段を上っていく。

残された爽良は首をかしげ、碧の発言はときどき理解が難しいと、ぼんやりと考えていた。

「――守護霊……? 杏子さんが……?」

「かなりおおまかな言い方をすればね」

その後、礼央と一緒に談話室に行くと、間もなく顔を出した御堂は、座るやいなや驚きの発言をした。

もちろん、爽良も守護霊という言葉自体は知っていて、守ってくれる無害な霊であると、ざっくりとしたイメージを持っている。

ただ、物心ついたときから数々の霊たちと遭遇してきた爽良ですら、無害と言い切れる類《たぐい》の霊など見かけたことなどなく、正直、守護霊とは遺《のこ》された人間の思いや希望が作り出したものではないかと、ある種の都市伝説に近い曖昧な存在だと認識していた。

だからこそ、御堂の口から出た説明にいまいち納得がいかず、爽良は思わず首をかしげた。

「あの、ちなみにですが、守護霊と普通の霊との違いってなんなんでしょうか……」

さすがに疑うような聞き方をするわけにはいかず、爽良は最大限に言葉を選んでそう尋ねる。

しかし、御堂はあっさりと首を横に振った。

「それが、正直、俺にも明確にはわかんないんだよね。よく聞く言葉ではあるけど、都合のいい妄想なんじゃないかと思ってたし」

「も、妄想……」

気を遣ったというのに爽良よりも辛辣《しんらつ》な見解を聞かされ、爽良は面食らう。

しかし。

「まあ、そう思ってたんだけど、……守護霊があまりに小さくて儚《はかな》くて、俺に視えなかったただけなんだってわかったから、今は妄想だなんて考えてないよ」

御堂はいつになく柔らかい表情を浮かべ、そう口にした。

その言葉を聞いた瞬間、爽良はふと、幽体離脱したときに出会った幼い御堂のことを思い浮かべる。

確かに、あのときの御堂には、杏子の存在が視えていなかったと。

ただ、そうなると、たちまち脳裏を過《よぎ》るのは、やはりどうしても拭《ぬぐ》えない疑問。

「あの……、だとしたら、そんなに小さくて儚いものが、どうして私に視えたんでしょうか」

正直、爽良は自分で尋ねておきながらも、納得のいく答えは返ってこないだろうと思っていた。

そもそも、たった今、守護霊のことはよくわからないと御堂から聞いたばかりだからだ。

しかし、御堂は少し間を置いた後、ずいぶん言い難《にく》そうに口を開く。

「それが……、まぁ俺には全部が理解できてるわけじゃないから、聞いたままを話すけどさ。……実は、あまりにわからないことが多すぎて、昨日の夜、初めて親父に聞いたんだよ、守護霊のこと。……っていうのは、あの人は俺に昔から『お母さんは守護霊になった』ってしつこく言い続けてたからさ。まあ、当時はいい加減なことを言うなって思ってたんだけど」

「そうなんですか……？　それで、住職はなんて……」

「それが、だいぶ曖昧ではあるんだけど、親父いわく守護霊には大きく分けて二種類あるんだって。ひとつは、魂はすでに浮かばれてるんだけど、遺された人間の強い思いが故人の念と似たものを作り出す、みたいな。結局それって擬似的なもので故人本人の念じゃないし、さっき俺が言った都合のいい妄想に近いんだけど」

「じゃあ、妄想っていうのも間違ってはいなかったんですね……」

「もちろん、親父は妄想だなんて言わないし、むしろ、強い思いが作り出したものなら立派な守護霊だって言うけどね。……で、もうひとつは、故人が強い心残りを持って実際にこの世に留《とど》まってしまった魂の一部。つまり、正真正銘の念のこと」

「念……？　それって、地縛霊や浮遊霊と……」

同じではないのか、と。

咄嗟《とっさ》に浮かんだ疑問を、爽良は慌てて呑《の》み込んだ。

もし杏子が後者にあたる場合は、あまりに無神経な質問になってしまうと考えたからだ。

しかし。

「まあ、ある意味同じだよ。浮かばれてないっていう意味では」

御堂に爽良の誤魔化しなど通用するはずがなく、しかし当の御堂は気にする素振りを見せずに平然と首を縦に振った。

「えっと……、それって……」

なんだか不用意な発言をしてしまいそうで、爽良は続きを催促するように御堂を見つめる。

すると、御堂はそんな爽良の戸惑いを見透かすかのように小さく笑った後、衝撃の言葉を口にした。

「なんの汚れもない、純粋な念も存在するんだってさ。しつこいようだけど、親父いわくね。で、それらはどんなに長く彷徨《さまよ》ったとしても、他の無念に流されたり汚されることがないらしい。……理由は、無念をひたすら膨らませ続ける念、いわゆる地縛霊に比べて、あまりにも存在自体が小さいから。だから、ほとんどの人間に、――親父にすら、視えないらしいよ」

それを聞いた爽良は、思わず息を呑む。

御堂が口にした「あまりにも存在自体が小さい」という説明が、爽良が幽体離脱中に触れた、杏子の魂から受けた印象とまったく同じだったからだ。

「えっと……、でも、私には……」

「わかってる。爽良ちゃんには視えたんだよね。……だから、それは俺に視えなかったっていうよりも、爽良ちゃんだから視えたってことなんだと思う。それが本当なら、かなり特殊な能力だって親父は言ってたけどね」

「特殊な、能力……」

思わぬ方向に話が進み、爽良は絶句する。しかし。

「そもそも君、俺の生き霊も視えてたし。その時点で、そういう意味での〝視力〟が普通じゃないんだよ」

それを言われてしまうと、もはや否定しようがなかった。

というのも、生き霊が視えることの異常さは、長年幽体離脱をしてきた園宮の驚き様からすでに察している。

とはいえ、聞かされた事実が上手《うま》く処理できず、爽良はしばらく呆然《ぼうぜん》と御堂を見つめた。

ただ、それらをゆっくりと受け入れていく中でふいに浮かんできたのは、自分が御堂のためにしてあげられる、唯一のこと。

「じゃあ、……私がいれば、御堂さんはいつでも杏子さんと会うことができるってことですか……？」

どれだけ杏子の存在を求めていたかを知っているだけに、そうだといいのにという気持ちを抑えられず、思わず声が震えた。

しかし、爽良の期待に反し、御堂は首を横に振った。

「いや、さすがの爽良ちゃんでも、いつでもってわけにはいかないんじゃないかな。昨日に関しては、母の命日だったことも大きく影響してると思うし」

「昨日が……、命日だったから……」

そう言われて改めて御堂の周囲を確認してみたものの、確かに杏子の気配はまったく感じられず、爽良は肩を落とす。――そのとき。

突如、御堂はテーブルに身を乗り出し、爽良の手を取り両手でぎゅっと包み込んだ。

――そして。

「ちなみに、俺はいつでも母に会いたいなんてことを望んでたわけじゃないよ。……むしろ、もう十分なんだ、母が苦しんでないって、――暗い場所にいないってことを知れただけで」

そう言って、爽良が一度も見たことのない、驚く程柔らかい笑みを浮かべた。

「御堂、さん……？」

「俺はこれまで、自分が求める答えなんてどこにもないってわかっていながら、ずっと、取り憑《つ》かれたように母のことを捜してた。……でも、君が見つけてくれたんだよ。俺が一番救われる答えを」

「私は、……そんな」

「ありがとう。心から感謝してる。だから、俺はこれから君に恩を返していこうと思う」

真剣な目に射貫《いぬ》かれ、心臓がドクドクと忙《せわ》しなく鼓動を鳴らす。

ただ、これ以上ないくらいに混乱していながらも、御堂はこんなにキラキラした目をしていただろうかと、ぼんやりと考えている自分がいた。

御堂自身、これまでの自分のことを「取り憑かれたように」と表現していたけれど、まさに今は憑き物が取れたようだと爽良は思う。

すると、そのとき。

「近い」

しばらく静かに話を聞いていた礼央が、突如爽良の体を自分の方へ引き寄せた。

御堂の手がするりとほどけ、間もなく緊張が限界を迎えようとしていた爽良は、ほっと息をつく。

しかし、安心したのも束の間、御堂はふたたび手を伸ばして爽良の手首を摑《つか》み、礼央にどこか挑発的な笑みを向けた。

「意外と余裕ないんだね」

まさかの言葉に面食らったのは、爽良だけではなかった。

礼央の目が、わかりやすく戸惑いを映す。

それも無理はなく、爽良たちの知るいつもの御堂なら、礼央の苦言に対し、飄々《ひょうひょう》とした態度でごめんと笑い飛ばすだろうと思い込んでいたからだ。

爽良はすっかり言葉を失い、呆然と御堂を見つめる。

一方、御堂は余裕の笑みを浮かべたまま、繋《つな》がる手に指を絡ませた。

「とにかく、俺は君に救われたことで人生最大の後悔を払拭《ふっしょく》できた。だから、これからは全力で君の力になろうと思う」

「そ、そんな、大袈裟《おおげさ》なこと、では」

「大袈裟なんかじゃない。……お陰で俺の残りの人生が余っちゃったから、それは君のために使うよ」

「ちょっ……」

まるでプロポーズのようなセリフに、爽良の頭はさらに混乱する。

同時に、礼央が不快感を露《あら》わに御堂の肩を押し返し、もはや限界とばかりに爽良を立ち上がらせた。——そして。

「あんたの余った人生は、自分で使って。間に合ってるから」

そう言うと、強引に爽良を連れて出口へと向かう。

廊下に出るとすぐに、背後から御堂の小さな笑い声が響いた。

その、これまでよりもずいぶん子供っぽく聞こえる笑い声を背中で聞きながら、——少年のまま止まっていた御堂の時間がようやく動き出したのかもしれないと、爽良は密《ひそ》かに考えていた。

その後、礼央は爽良を連れて裏庭のガーデンまで歩き、椅子に座るやいなや、疲れを解放するかのように長い溜《た》め息をついた。

「な、なんか、御堂さんちょっと変だったね……」

隣に座ってそう呟《つぶや》くと、礼央は眉間《みけん》に深い皺《しわ》を寄せる。そして、いきなり爽良が座る椅子の背もたれを摑んだかと思うと、自分の方へと強引に引き寄せた。

「ちょっ……！」

突然のことに驚き思わず声をあげると、木の枝から鳥たちが一斉に飛び立っていく。

その瞬間、混乱で張り詰めていた気持ちがふわっとほぐれ、爽良は思わず笑った。

「なんだか、礼央までいつもと違うんだけど……」

そう言うと、礼央はさも不満げに爽良を見つめる。

「一緒だよ、いつも上手く隠してるだけで」

「隠す？」

「実際、余裕ないから」

その声色には、確かにいつものような余裕が感じられなかった。

むしろ、その声からは小さな寂しさが伝わってきて、途端に胸が締め付けられる。

気付けば、爽良はなかば衝動的に礼央の手を握っていた。

「あの、私、……さっきの御堂さんの話を聞きながら、私の恩人は礼央だなって思ってたよ」

考えるよりも先に言葉が溢《あふ》れ、礼央の目が小さく揺れる。

いつもの自分なら即座に我に返る場面なのに、そのときの爽良の心の中にあったのは、どんな言葉なら礼央の寂しさを拭《ぬぐ》えるだろうというシンプルな思いだった。

礼央は珍しく戸惑いを隠すことなく、ぎこちない動作で視線を逸《そ》らす。

「なに言ってんの。爽良の恩人は俺じゃなくて、圧倒的に庄之——」

「礼央だよ」

「…………」

そこだけは譲れずに被《かぶ》せ気味に反論すると、礼央は啞《あ》然《ぜん》とした様子で口を噤《つぐ》んだ。

しかし、それも束の間、礼央はすぐにいつも通りの表情に戻り、ふたたび爽良とまっすぐに目を合わせる。――そして。

「じゃあ、恩返ししてよ。御堂さんじゃないけど、残りの人生かけて」

少しいたずらっぽい笑みを浮かべ、そう口にした。

ただ、そのときの爽良は言葉の内容以前に笑ってくれたことがとにかく嬉《うれ》しく、考えるより先に大きく頷《うなず》く。

「うん！」

「……うんって」

「……え？」

反応が想像と違ったことにポカンとしていると、礼央は心からうんざりした様子で、手のひらで額を覆った。

「……案外罪深いんだよな、爽良って」

「つ、罪って」

「怖いわ、自覚がない人」

ただ、そう言う礼央の表情は驚く程優しく、爽良はほっと息をつく。

同時に、――自覚ならあるのに、と。

心のずっと奥の方で、そんなことを考えている自分がいた。

なぜなら、そのときの爽良にとって、〝残りの人生かけて〟という表現は、決して嘘でも大袈裟でもなかった。

　ただ、言葉で言ったところで、爽良の鈍さにすっかり慣れた礼央には上手《うま》く伝わらない気がして、これからはできるだけ態度で示していこうと、爽良はこっそりと心に誓う。

「なに、ぼーっとして」

「……ううん、なんでもない」

「そういえば、前に欲しいって言ってた〝特殊な能力〟、すでに持ってたじゃん」

「あ……、生き霊とか守護霊が視えるっていうやつでしょ……？　でも、あまりに限定的っていうか、そんなに役に立たなそう」

「別にいいでしょ。怒濤《どとう》の勢いでボディガードが増えてるわけだし。スワローとか、不本意ながらも御堂さんとか」

「でも、私はどんな危険も自分で切り抜けられるようになりたいのに。……誰かに頼るばかりじゃなくて」

「誰かって、俺も？」

「え、礼央は」

「なに」

「礼央は、〝自分〟に含んじゃってた、から」

「…………」

「ご、ごめん、今のはいくらなんでも厚かましかっ――」

　すべてを言い終えないうちに、突如、礼央の手のひらが爽良の目を覆った。

「な、なんで目隠し……」

「いや、なんか、……一分待って」

「だから、どうして――」

わけがわからず、爽良は礼央の手を除けようと慌てて手首を掴《つか》む。――しかし。ほんの一瞬だけ空いた隙間から礼央の顔が見えた瞬間、思わず硬直した。

なぜなら、もう片方の手で自分の顔を覆う礼央の頰が、ほんの少し、赤くなっているように見えたからだ。

なんだか見てはいけないものを見てしまったような気がして、爽良は抵抗をやめ、大人しく一分を待つ。

ただ、礼央をあんなふうにしてしまったのが自分だと思うと、戸惑う反面、どこかくすぐったいような、経験のない気持ちが生まれていた。

「あの……、そろそろ、一分……」

「うるさい」

「じ、自分が一分って」

「待ってほんと、今無理だから」

「……礼央」

「なに」

「顔が見たい」

「うるさいって」

心から煩わしそうなのに、手のひらから伝わる体温がひたすら優しく、胸がぎゅっと締め付けられる。

同時に、顔を隠されたのはこっちにとっても都合がよかったかもしれないと、そんなことを考えている自分がいた。

＊

一連の出来事がすっかり落ち着いたある日。

ふと庭から笑い声が聞こえて顔を出すと、そこにはロンディと戯れる御堂の姿があった。

一時はどうなるかと思ったけれど、どうやらすっかり仲直りしたらしいと、爽良はひとまずほっと胸を撫《な》で下ろす。

同時に、やけに楽しそうな御堂の様子に、思わず見入ってしまった。

というのは、これまでの御堂といえば庭の手入れや修繕などをひたすら黙々とやっているイメージが強く、その合間にロンディと、しかも笑い声を上げながら遊んでいるなんてことは、まずあり得なかったからだ。

「なんだか、子供みたい……」

ついひとり言を呟いた瞬間、ふと背後に気配を感じ、振り返ると礼央の姿があった。

そして。

「俺、思うんだけど、――アレなんじゃないかな。庄之助さんが見つけてほしかった、大切なものって」

ふいにそう口にした瞬間、爽良の心臓がドクンと揺れた。

「アレ、って……」

「本来の御堂さんのこと。まさに、今みたいな」

そう言われてふたたび視線を向けると、視界に映るのは、ロンディの首元を優しく撫でながら「お前、思い切り嚙《か》んだろ」と、どこか楽しげに文句を言う御堂の姿。

途端に、――そうかもしれない、と。すんなり納得できてしまっている自分がいた。

「つまり、悲しい記憶や後悔から解放された御堂さんってこと、だよね……？」

「そう。俺に言わせれば、より面倒臭くなった御堂さん」

「面倒って……」

「面倒じゃん。……でも、庄之助さんは昔の、――あんな感じの御堂さんを知ってたんだろうから」

そう言われて思い出すのは、杏子に抱かれて笑っていた幼い御堂の写真。

すべてがしっくりきて、たちまち胸が詰まった。

「庄之助さんは、あの笑顔を取り戻してほしかったんだ……」

「そう考えれば、爽良に遺《のこ》した手紙にずいぶんぼやかして書いてた辻褄《つじつま》も合うよね。御堂さんも読むかもしれないし」

「確かに……」

爽良は納得し、ずいぶん簡素に書かれた手紙のことを思い返す。

あれを初めて読んだときは、まるで謎解きのようだと頭を抱えたけれど、そうせざるを得なかったのだと、むしろそうしてでも託したかったのだと、その切実な思いを想像して胸が小さく疼《うず》いた。

さまざまな感情が込み上げる中、爽良は屈託なく笑う御堂を呆然《ぼうぜん》と見つめる。すると。

「それにしても、自分にできなかったことを託すって、庄之助さんにとってもなかなかの決断だったと思うよ。それこそ、相当な信頼をおける相手じゃないと無理なんじゃないかな」

礼央がぽつりとそう呟《つぶや》き、爽良を見つめた。

さすがにそれは持ち上げすぎだと、爽良は慌てて首を横に振る。

「信頼とかじゃなくて、きっと藁《わら》をも摑《つか》みたいくらいの気持ちだったんだよ……。だいたい、私は庄之助さんとはほとんど会ったことないんだし」

しかし、礼央もまた譲らなかった。

「俺は、爽良なら人の孤独に寄り添えるってわかってたんだと思うけど。実際、爽良はここでたくさんの魂を救ってきたわけだし。紗枝ちゃんとか、他にもいろいろ」

「だから、大袈裟《おおげさ》だって……」

「大袈裟じゃない。爽良には庄之助さんと張り合うくらいに、鳳銘館の管理人の資質があると俺は思う。……まあ、少し荒削りかもしれないけど」

「そん……」

反論しようとしたものの、あまりの真剣な口調になぜだか目頭が熱くなり、つい言葉に詰まる。

必死に堪《こら》える爽良を見ながら、礼央が小さく笑った。

「最近泣き虫だよね」

「今のは、どう考えても礼央のせいでしょ……」

「いいんだけど。経過良好な証拠だから」

「経過？」

「俺にも、取り戻したいものがあるって話」

「うん……？」

その意味はよくわからなかったけれど、続きを待っても、礼央はそれ以上なにも言ってくれなかった。

爽良は渋々諦《あきら》め、ふたたび庭に視線を向ける。

御堂は相変わらずロンディと遊んでいて、周囲を取り巻く雰囲気は、胸が苦しくなる程に平和だった。

その優しい空気の中にいると、次第に、庄之助に託されたものをひとつ叶《かな》えられたという達成感がじわじわと込み上げてくる。

しかし、そのとき。

ふと背後から気配を感じて振り返ると、少し離れたところから意味ありげに爽良を見つめるスワローの姿があった。

「スワロー？」

名を呼ぶと、スワローはぱたんと尻尾《しっぽ》を振り、それから西側の庭へするりと入っていく。

「なんだか、ついてこいって言ってるような……」

「そんな感じするね」

爽良は礼央と顔を見合わせ、スワローを追って西側の庭へ向かった。

すると、スワローはそれを確認するかのように一度振り返り、ふたたび奥へと進んで建物の角を曲がる。

どうやら裏庭へ誘導しているらしいと、爽良は小さな胸騒ぎを覚えながら、引き続きその後を追った。

やがて、ようやくスワローが立ち止まったのは、西側の裏庭を一番奥まで進んだ、生垣の手前。

スワローはそこで一度尻尾を振ったかと思うと、そのままふわっと姿を消した。

「え、スワロー……？」

爽良は慌ててその場所まで足を進め、辺りをぐるりと見渡す。

けれど、とくに気になるものは見当たらなかった。

「なんだったんだろう……」

呟くと、礼央も首をかしげる。しかし。

「……ねえ爽良、このあたりの白い花って、野草じゃないよね？」

ふいに尋ねられて足元に視線を落とすと、その辺り一帯には、雑草に紛れながらも小さな白い花をつけた植物が広く蔓延《はびこ》っていた。

その葉は細く特徴的で、爽良はふと、既視感を覚える。

「あ、これ、ローズマリーかも」

「ローズマリー？」

「うん。料理に使えるハーブで、実家でお母さんが育ててた」

「へえ。それって、自生することあるの？」

「自生はさすがにしないんじゃないかな。生命力が強いから、放っておくとめちゃくちゃ増えるっていう話は聞いたことがあるけど……」

そう言いながらふと頭を過《よぎ》ったのは、ならばいったい誰が、わざわざこんな裏庭の奥にローズマリーを植えたのだろうという疑問。

花なら表側の庭にたくさん植えられているし、裏庭を選ぶ理由がまったく思い当たらなかった。

ごく些細《ささい》な疑問だけれど、なんとなく引っかかってしまい、爽良は一帯に蔓延るローズマリーを眺める。——そのとき。

「あれ……？」

ふと、葉に埋もれるようにして立てられた、三十センチ程の高さの小さな立て看板が目に入った。

それはずいぶん傷んでいて、かろうじて、かつてなんらかの文字が書かれていたらしいわずかな痕跡《こんせき》が確認できる。

「ずいぶん奥まった場所だけど、看板が立ってるってことは、やっぱり昔は花壇だったのかな……。ローズマリーだけがこうして生き残って、ここまで大きくなっちゃったのかも」

爽良はそう言いながら、看板を指先でそっと撫《な》でた——瞬間、ふいに、ジャラ、とかすかな金属音が響いた。

爽良は礼央と顔を見合わせ、もう一度看板に触れる。

同時に、ふたたびジャラ、と金属音が響き、看板の後ろでなにかがゆらりと揺れたような手応《てごた》えがあった。

「看板の後ろに、なにかあるっぽい……」

爽良は気になって、看板の後ろへ回る。

すると、看板の裏側には、飛び出た釘《くぎ》の頭に引っかけるようにして、鎖に通された古めかしい鍵《かぎ》が吊《つ》り下げられていた。

「鍵……？」

ひとまず看板から外してみると、ふいに、鍵と一緒に鎖に通された、写真用のロケットペンダントの存在に気付く。

なんだか予感めいたものを覚え、爽良はおそるおそるそのロケットペンダントを手に取り、注意深く開いた。

中から出てきたのは、何度も折り畳まれた小さな紙。

爽良はそれを取り出し、丁寧に折り目を開く。――瞬間、目に飛び込んできたのは、ずいぶん馴染《なじ》みのある達筆な文字だった。

これは庄之助の筆跡だとすぐに気付いたものの、綴《つづ》られていたのは、『秘密のレシピの在処《ありか》』という、謎の一文のみ。

「秘密のレシピ……？」

わけがわからず、爽良は首をかしげる。

すると、礼央はその小さな手紙に触れながら、眉間《みけん》に皺《しわ》を寄せた。――そして。

「変だね」

意味深なひと言に、たちまち心に緊張が走る。

「変？」

「うん。だって、いくらロケットペンダントに入ってたからって、雨ざらしの場所に放置された紙の文字が普通に読めるなんてことある？……多分だけど、そんなに前に書かれたものじゃないと思う」

その瞬間に爽良の頭を過ったのは、以前、同じく雨ざらしの巣箱から写真を見つけたときにも覚えた違和感。

「つまり……、これも、私宛に庄之助さんがあえて遺《のこ》したメッセージってこと……？」

「二度目だし、そう考えるのが自然だよね」

そう言われて改めて考えてみれば、スワローがわざわざここに案内したことにも納得がいった。

さしずめ、庄之助からそうするよう託されていたのだろうと。

「またこんな、わかりにくいことを……」

爽良は鍵を握りしめ、小さく息をつく。

もちろん、庄之助がメッセージを遺してくれたこと自体は、素直に嬉《うれ》しい。

ただ、――ローズマリーに鍵に「秘密のレシピ」にと、美しい物語を連想させるようなものばかりが揃っているというのに、なぜだか、胸騒ぎが収まらなかった。

番外編

自由への道標

「──庄之助さんって、動物好きなんだっけ」

「もちろん」

「知り合いの家の犬が子犬を産んだって聞いて、こんなに慌てて駆けつける程？」

「もちろん」

それは、御堂が鳳銘館に住みはじめて間もない頃。

実家の善珠院で飼っているホワイトスイスシェパードの『銀《ぎん》』と『雪《ゆき》』の間に二頭の子犬が生まれたとのことで、父から庄之助宛に連絡が届いた。

庄之助は早速見に行くと言い、有無を言わさず同行させられた御堂は、歩きながら重い溜《た》め息をつく。

正直、父の考えはわかっていた。

居心地の悪さを感じてなかば強引に鳳銘館へ引っ越した御堂を寺の後継ぎとして諦《あきら》めていないことも、そして、銀と雪の子犬が生まれたという連絡には、なんとかして実家に顔を出させようという魂胆があることも。

まさに、自分ではなく庄之助に連絡したことがそれを証明していた。

「俺、なんだかんだで月に一度は実家に帰ってる気がするんだけど。庄之助さんのせいで」

「そうだったかな」

「前は、珍しいコーヒー豆が手に入ったとかどうとか。……そんなの、一人で行けばよくない？」

「老人に重いものを持たせる気かい？」

「十キロある園芸用の土を平気で買って帰るような人がなに言ってんの」

文句を言いながらも、所詮《しょせん》、御堂は庄之助に逆らうことができない。

自分のせいで母親を亡くしてしまった後悔から脱しきれず、しかし無理やり前を向かせようとする父の圧に疲弊していた御堂を、鳳銘館に快く受け入れてくれた恩人だからだ。

実家に帰る頻度についてはまったくの想定外だが、とはいえ、父と少し距離を置いたお陰か、御堂の心は以前よりいくぶん安定していた。

庄之助は御堂をあしらいながら、可笑《おか》しそうに笑う。

しかし、目線の先に善珠院の山門が見えはじめた頃、突如、スッと笑みを収めた。そして。

「ところで、生まれた二頭はどうやら弱いらしいけれど、そのことは聞いたかい？」

ずいぶん含みを持たせた質問を、御堂に投げた。

「知らないよ。俺には連絡来てないんだから」

平静を装って答えたものの、「弱い」の意味が、いわゆる体力を指すものでないことを察した御堂は、正直少し動揺していた。

というのは、動物はそもそも人よりも霊の気配に敏感であり、そんな中でも、特に気配に当てられやすい、弱い個体がまれに存在する。

そういう個体は悪霊の標的になりやすく、そして抵抗する力も弱く、ひとたび狙われてしまえば救うことはとても難しい。

いきなり聞かされた不穏な情報に、御堂はさらに憂鬱《ゆううつ》になった。

思えば、死という現象に対し、なんともいえない嫌悪感のようなものを抱くようになったのは、御堂が母を失った後のこと。

それは恐怖や怯《おび》えではなく、あくまでも嫌悪感だった。

もっとも受け入れ難いのは、つい昨日までいたはずの存在が突如消えてしまったというのに、ごく当たり前に生活が続く奇妙さ。

これまで日常だと思い込んでいたひとつひとつが塗り替えられることも、そして強い後悔が薄れてしまうことも、すべてが不自然に思えてならなかった。

まさにこれが「立ち止まっている」状態であると、もちろん自覚している。

しかし、それに対する焦りはなく、ただ、そんな自分が寺を継ぐだなんて笑い話だと、日々、心が父から遠ざかっていく感覚を覚えていた。

「確かに、厳しいね」

その後、境内の奥にある自宅の前で、生まれた子犬たちを前に、庄之助は開口一番そう言った。

御堂の父・栄寛《えいかん》が、身を寄せ合う二頭を見つめながらゆっくりと頷《うなず》く。

「ああ。この子らはこれまでに見たことがないくらい敏感で、弱いらしい。お札で守ってはいるけれど効果が続かず、憑《つ》かれては祓《はら》っての繰り返しだ。そのせいで体力もすっかり落ちてしまって。……とくに、こっちのチビの方は食欲もなく、心配だよ」

栄寛がチビと呼んだのは、やや体格の小さい方。

見れば、確かにチビの方がずいぶん弱っている様子で、呼吸すらもなんだか辛《つら》そうに見え、母犬の雪がしきりに体を舐《な》めていた。

庄之助はその首元を指先で優しく撫《な》でながら、ふと栄寛に視線を向ける。

「それにしても、チビとはまたずいぶん安易な名前をつけたね。一年も経てば銀たちのように四十キロを超えるっていうのに」

この沈んだ空気の中で想定外の指摘だったのだろう、栄寛は苦笑いを浮かべた。

「もちろん名前は仮だよ。二頭はあまりに似ているし、決まるまで不便だろう」

「なるほど。ちなみに、こっちの子は？」

「……シロだ」

「はは」

二人は笑っているが、正直、御堂は憂鬱だった。チビの様子を見る限り、名前に矛盾が生じる程長く生きられるとは思えなかったからだ。

すると、庄之助がふいに御堂に視線を向け、手招きをした。

「吏」

「……いや、俺はここでいい」

「そうじゃなくて、君はホワイトスイスシェパードの歴史を知ってるかい？」

「は？……歴史？」

いきなり飛んできた質問に、御堂は戸惑う。

ただ、庄之助と過ごしていればこういうことは多々あり、御堂はひとまずその質問を頭の中で繰り返した。

しかし、銀と雪とは長く一緒に過ごしてきたものの、歴史と言われてもまったくピンとこず、結局首を横に振る。

「知らないよ、歴史なんて。名前の通り、スイス由来だってことくらいしか」

すると、庄之助は二頭の子犬を注意深く抱え上げ、なかば無理やり御堂に抱かせた。

「ちょっ……」

「ホワイトスイスシェパードが犬種として認められたのは、割と近年のことでね。そもそも、白い個体のシェパードは、いわゆるアルビノと呼ばれる突然変異なんだ」

「……へぇ」

抵抗する間もなく話を続けられ、御堂は二頭を抱いたまま渋々相槌《あいづち》を打つ。

すると、庄之助は満足そうに笑い、さらに言葉を続けた。

「ただ、白い個体には、気が弱くて体力がないという共通点があってね。……そのデータが正確かどうかは知らないが、とにかく番犬に向かないということで、迫害されていた時代もあったんだよ」

「迫害？」

「ああ。……詳しくは言いたくないが、可哀想な目に遭った子も多くいるとか。まあ、古い時代には世界中で似たような話があるけれど、生まれた瞬間にそんな不条理な十字架を背負わされるなんて、あまりに理不尽だと思わないかい？」

「……まあ、それは」

「けれど、そんな辛い歴史を乗り越え、必死に命を繋《つな》いできたからこそ、ひとつの犬種として愛されるようになった今がある。……だというのに、今度はこんな重い十字架を背負って生まれてくるとは。……本当に不憫《ふびん》でならないよ」

話の行き着く先がよくわからず、御堂は曖昧《あいまい》に頷く。

ただ、そのときの庄之助の目は、まるで大切な誰かを思い出しているかのような憂いを帯びていて、なんだか胸が騒《さわ》いだ。

しかし、そんな御堂を他所《よそ》に、庄之助はすぐに表情を戻したかと思うと、御堂が抱く二頭をさも愛《いと》おしそうに撫でる。——そして。

「だから、つい手を差し伸べたくなってしまうんだよなあ。せめて、出会ってしまった子たちくらいは自分が……、ってね」

そう言って、いたずらっぽい笑みを浮かべた。

その瞬間、御堂の頭にふと嫌な予感が過《よぎ》る。

「まさか庄之助さん、鳳銘館で飼いたいなんて言う気じゃ……」

おそるおそる尋ねると、庄之助はあっさりと頷いてみせた。

「ああ。できれば引き取りたい」

やはりと、御堂はたちまち眩暈《めまい》を覚える。

もちろん御堂も、犬を飼うこと自体に否定的な感情はない。

ただ、御堂が鳳銘館に住むにあたり、家賃を安くしてもらう代わりに膨大な量の業務をあてがわれており、犬の世話まで増えるとなるとどうなってしまうのか、考えただけで頭痛がした。

「ちょっと待ってよ……。この子ら大型犬だから、めちゃくちゃ運動が必要なんだけど……」

「吏はひょろひょろだから、鍛えられてちょうどいいじゃないか。それに、うちの庭も善珠院と負けず劣らず広いから、きっと窮屈な思いはしないよ」

「に、しても」

「なにより、お寺には供養のためにいわくつきの品なんかがたびたび持ち込まれるから、不測の事態が起こりやすい。憑かれやすく抵抗する術《すべ》のないこの子たちが過ごすには、少し不安な場所だよ。だが、鳳銘館なら私が守ってやれる」

「それは、そうかもしれないけどさ」

「それにしても可愛いなあ」

「いや、まだ話終わってないから」

二人の会話を聞きながら、栄寛が小さく笑い声を零《こぼ》す。そして。

「庄之助さんに可愛がってもらえるなら、私は嬉《うれ》しいよ。それに、銀や雪もひと安心だろう」

そのひと言で、すべてが決定してしまった。

傍で大人しく見守っていた銀と雪までもが、まるで同意するかのように、庄之助を見上げてパタパタと尻尾《しっぽ》を振る。

「そうか。銀と雪が許してくれるならなによりだね。そうと決まったら、早速計画を立てないとなあ。……栄寛、時期はどうしようか」

「そうだね、親と離すにはまだ早いから、落ち着いた頃に連絡するよ。本来ならばあと三ヶ月くらいはかけるべきだけれど、早めに安全な場所に移してやりたいし、様子を見ながら良い時期を決めよう」

「だったら、こちらもいつでも受け入れられるように、いろいろと準備をしておくよ。

なあ吏」

「…………」

あっという間に話を進める二人にうんざりし、御堂は返事もせずに天を仰ぐ。

ただ、御堂の腕の中で繰り返される小さな呼吸を感じているうちに、いつの間にか反対する気持ちはなくなっていた。

――しかし。

もっとも恐れていたことが起きたのは、それから一ヶ月程が経ったある日のこと。

栄寛から珍しく御堂に直接電話があり、聞かされたのは、「銀と雪が死んだ」という衝撃的な報告。

その瞬間、御堂の頭の中は真っ白になった。

朝方、庄之助と共に急いで善珠院に駆けつけた御堂は、動かなくなった銀と雪を目にし、愕然《がくぜん》とした。

「嘘だろ……」

信じがたい光景に思わず呟《つぶや》くと、長々と手を合わせていた庄之助が、御堂の肩にそっと触れる。

そんな中、栄寛は辛《つら》そうに二頭の亡骸《なきがら》を撫でながら、ゆっくりと口を開いた。

「庄之助さんが懸念していた通り、持ち込まれた供養の品に紛れて厄介な悪霊が入り込んだらしい。本当に、可哀想なことを……」

よほどショックだったのだろう、語尾は弱々しく途切れる。

その憔悴《しょうすい》しきった栄寛の姿を見ているうちに、銀と雪を亡くしてしまったという実感が急激に込み上げてきて、御堂は酷《ひど》い息苦しさを覚えた。

「……厄介な悪霊くらい、これまでだっていくらでもいただろ」

そう言うと、栄寛は小さく頷《うなず》く。

「そうだね。……普段の銀と雪ならば、自分たちの身を守ることができただろう。けれど、無防備な子犬たちを連れている今は、そういうわけにはいかない。銀と雪は、身を挺《てい》して守ったんだよ。夜中に様子を見にきたときにはなんの異変もなかったのに、夜明け前にふと嫌な予感がして覗《のぞ》いてみれば、子犬を抱きかかえるようにして二頭とも……」

栄寛はそう言いながら、親犬たちに寄り添いしきりに鳴き声を上げているチビとシロに視線を落とす。

二頭ともひとまず無事なようだが、ただ、御堂はそれに安堵《あんど》できる程のん気にはなれなかった。

「……その悪霊は、今どこ」

尋ねたものの、栄寛は首を横に振る。

「しばらくはかすかに気配が残っていたけれど、それもすぐに消えてしまった。どうやら、巧妙に気配を隠せるらしい。おそらく、相当長い年月この世に留《とど》まっているんだろう」

「………」

怒りのやり場がなく、御堂は拳《こぶし》をぎゅっと握った。すると。

「……吏」

しばらく黙っていた庄之助が、ふと御堂の名を呼ぶ。

視線を向けると、庄之助はシロの前にしゃがみ、その右前脚を指差した。

なんだか嫌な予感を覚えながらも見てみると、そこに浮かび上がっていたのは、先日までにはなかったはずの不気味な黒い痣《あざ》。

その瞬間、御堂の心臓がドクンと大きく鼓動する。

「庄之助さん、これ、まさか……」

「ああ。――〝印〟だ」

予想通りの答えに、御堂は愕然とした。

印とは、霊に目をつけられた証《あかし》であり、つまり、悪霊は銀と雪の命を奪うだけでは飽き足らず、シロの命まで狙っていることを意味する。

言葉を失う御堂を他所に、庄之助はさらに言葉を続けた。

「印を付けられた以上、たとえここから離れても意味がない。どこにいようと、粘着質に狙ってくるだろうね。結界を張ってなんとかシロの気配を隠したとしても、いつまでもつか……」

庄之助の重い言葉が響く中、御堂は、全身が熱を帯びる程の強い怒りを覚える。――そして。

「別に、隠す必要ない。……待ち伏せして、俺がそいつを消す」

なかば衝動的に、そう口にしていた。

その途端、栄寛が険しい表情を浮かべる。

「消すなんて言い方はやめなさい、それに、怒りにまかせて動いては駄目だよ。どんな悪霊でも、元は人の――」

「綺麗《きれい》ごとはいらないだろ。別に悪霊なんて救う価値ない」

「吏」

二人の間の空気が、たちまち緊張を帯びた。

即座に庄之助が二人の間に割って入る。

「こらこら、今は言い争いをしている場合じゃないだろう」

御堂は庄之助の手前一応引き下がったものの、改めて、やはりこの人とはわかり合えそうにないと痛感していた。

思い出すのは、母親が亡くなったときのこと。あのとき、栄寛は母親を死に追いやった子供の地縛霊に情けをかけ、丁寧に供養をした。

坊主というのはそういう役割だと淡々と話すその姿を見て、御堂は栄寛にも、そして坊主という仕事にも、強い嫌悪感を覚えた。

「俺は、親父とは違う」

込み上げる感情のまま呟く御堂に、庄之助は困ったように息をつく。

「まあ……、私は概《おおむ》ね栄寛と同じ考えだけれど、今回ばかりはあっちまで救ってやれる余裕はないかもしれないなあ。長年彷徨《さまよ》った霊となると、そもそも聞く耳を持たないだろうし。おまけに、ほんの数時間の間に二頭の命を奪うくらいの強い力を持っているとなれば、我々も油断はできないからね」

庄之助の言葉を聞いた栄寛はわずかに視線を落としたけれど、御堂は内心当然だと思いながら、本堂を指差した。

「……じゃあ、早速だけど悪霊を誘い込むために本堂使うわ」

そう言うと、栄寛は渋い顔をしつつも頷く。

その反応も無理はなく、本堂とはご本尊が鎮座するもっとも大切な場所であり、むしろ善珠院のすべてと言っても過言ではない。

ただ、そのぶん本堂には厳重に結界を張り巡らせており、悪霊はもちろんのこと、どんな小さな念も正面以外からは絶対に立ち入れないようになっているため、待ち伏せをするという意味ではとても都合のいい場所だった。

御堂は、今回標的となったシロの気配を何枚かの式神に移し、本堂に誘い込むよう順路を作りながら境内に貼って回る。

そして、すべての準備を終えると、悪霊が動きだす夜中を待ち、三人で本堂に待機した。

　ご本尊の前には、バスケットに入って眠るチビとシロ。

　印を付けられたのはシロのみで、一度はチビを別の場所に匿《かくま》おうとしたけれど、二頭ともが互いを求めてあまりに騒ぐため、結局離すことができなかった。

　御堂たちは、ご本尊が鎮座する内陣の四つ角に立つ柱に身を潜め、正面入口の様子を窺《うかが》う。

「それにしても、吏は頭もきれるし、いい腕をしてるなぁ。もう少し口調を改めれば、いい坊主になりそうだね」

　状況などお構いなしの庄之助の軽口が、時折緊迫した空気を崩した。

　しかし御堂はあえてそれを無視し、集中して悪霊が現れるのを待つ。――そのとき。

　突如覚えた異様な気配に、全身の皮膚が一気に粟立《あわだ》った。

　普段の御堂なら、どんな禍々《まがまが》しい霊が現れようと怯《ひる》むことはまずないが、そのとき感じ取っていたのは、これまで遭遇したことのない極めて特殊な気配だった。

「なんだ、これ……」

　気配はみるみる近付いてくるというのに、その正体がまったく予想できず、声が動揺を帯びる。

　シロとチビも異常を感じ取ったのだろう、不安げな鳴き声を上げはじめた。

　そして。

「これは……、思った以上に厄介な相手かもしれないぞ」

庄之助がそう口にした、瞬間。――正面入口の四枚の襖《ふすま》が、激しい音を立てて一気に弾《はじ》け飛んだ。

こうも強い霊障を起こす霊など滅多におらず、御堂は思わず息を呑《の》む。

同時に、開け放たれた入口に、ぼんやりと黒い影が浮かび上がった。

「あれは、――動物霊か」

そう呟いたのは、栄寛。その声は、小さく震えていた。

それも無理はなく、思考がシンプルであるはずの動物霊が、ここまでの強い意思をもって命を狙いに来るなんて、あり得ないとされていることだからだ。

けれど、その影は確かに四本の脚で立ち、薄暗い中でも、気配が濃くなるにつれて尖《とが》った耳や牙《きば》のシルエットまではっきりと確認することができた。

にわかに判断し難いけれど、おそらくその正体は、狼か山犬。

庄之助が言った通り、明らかに厄介な存在だった。

ただ、だとしてもやるべきことは変わらないと、御堂は覚悟を決めてポケットから数珠《じゅず》を取り出す。

けれど。

「吏……、駄目だ、動物は動きが速――」

庄之助が最後まで言い終えないうちに、動物霊は突如姿を消したかと思うと、次の瞬間にはすでにシロとチビの前まで脚を進めていた。

二頭の怯《おび》え切った鳴き声が響き渡る中、まったく目で追えない凄《すさ》まじい速さに、御堂は愕然《がくぜん》とする。

ただ、そうであれば尚更《なおさら》躊躇《ためら》っている暇などなく、御堂は勢い任せに柱の陰から飛び出し、動物霊に向かって走った。

しかし、そんな御堂の目の前で、動物霊は大きく口を開けてシロに迫る。

ほんの数秒もかからないはずの距離が、動物霊を相手にすると異常に遠く感じられた。

ふいに頭を過《よぎ》ったのは、このままでは間に合わないという絶望。

同時に、ここまで想定できていなかったことへの強い後悔が込み上げてきた。

いくら動物霊が珍しいといえど、霊を相手にする以上なにが起こってもおかしくないことは誰より知っていたはずなのにと。

子犬たちが死んだら自分のせいだと、——また、自分のせいだと、考えるごとに心の中が重く澱《よど》んでいく。

そんな中、御堂の目の前では、動物霊の牙が今にもシロの体に届こうとしていた。

そのとき。

御堂はふと、チビの体がまったく動いていないことに気付く。

この極限の状況の中ですら、小さな体に命の気配がないことは明確にわかり、全身の血がスッと冷えていくような感覚を覚えた。

瞬間的に思いついたのは、このあまりにも禍々しい気配に、元々耐性の弱かったチビの体が持たなかったのではないかという推測。

しかし。そのときの御堂にはショックを受けている暇も、もちろん深く考えている余裕もなく、今はシロを守らねばならないと、無我夢中で影へ向かって走った。

けれど。

御堂の思いもむなしく、あとほんの少しで手が届くというタイミングで、――影はついに、シロの小さな体に牙を立てた。

その瞬間、辺りに響き渡っていた鳴き声が、弱々しく途切れる。

代わりに、御堂の体の中で、心が脆《もろ》く折れる音が大きく響いた気がした。

ほんの数秒ですべて奪われてしまったと、真っ白になった頭の中が、たちまち重い感情で埋め尽くされていく。

なにもかも怒りに身を任せた自分のせいだと、結局自分にはなんにも救えないのだと、自責の念に気力を奪われ、足が止まった。

頭の中には、母を失ったときに覚えた感情が鮮明に蘇《よみがえ》り、御堂をさらに追い込む。

途端に手が震えだし、数珠がジャラ、と音を立てて床に落ちた。

しかし。

「吏！　チビが……」

背後から響いた庄之助の声で、呆然《ぼうぜん》としていた御堂はハッと我に返る。

そして、とうに動かなくなっていたはずのチビに視線を向けた——そのとき。

チビの小さな体から、突如、透明ななにかがふわりと抜け出る。

それは、チビの魂にしては妙に気配が強く、そこから伝わってくるのは、小さな体には収まりきれないくらいの大きな怒りだった。

「チビ……？」

名を呼ぶと、チビは御堂に鋭い視線を向け、しかしすぐに動物霊へと向き直る。

すると、動物霊はピタリと動きを止め、警戒を露《あら》わにチビを睨《にら》みながら、咥《くわ》えていたシロの体をゆっくりと離した。

御堂はその光景を、不思議な気持ちで見つめていた。

というのは、とても比較にならないくらいの体格差があるというのに、気配は明らかにチビが圧倒していて、動物霊が完全に押し負けて見えたからだ。

もはやそのときのチビには、今にも命が尽きてしまいそうだった、弱々しい子犬の面影はなかった。

動物霊は気配に動揺を滲《にじ》ませ、じりじりと後退《あとずさ》る。

逆に、チビは低い唸《うな》り声を上げながら少しずつにじり寄り、突如、目にも見えない程の素早い動作で、動物霊の首元に飛びかかった。

たちまち動物霊の苦しげな呻《うめ》き声が響き渡り、本堂がグラリと揺れる。

動物霊が振り払おうと必死に暴れる中、チビの纏《まと》う怒りの気配は膨らむ一方で、離す気配はまったくなかった。

そして、動物霊はついに動きを止め、力なく床に崩れ落ちたかと思うと、霧のように空気に散っていく。

その瞬間、混沌《こんとん》としていた場が一気に静まり返った。

けれど、あまりに衝撃的な光景を目にした御堂は、身動きひとつ取れなかった。

そんな中、残されたチビはすぐにシロのもとへ駆け寄り、その体を必死に舐《な》める。

すると、程なくしてシロが小さく鳴き声を上げた。

弱々しくも、命の証明をするかのような鳴き声に、すっかり強張《こわば》っていた御堂の体からふっと力が抜ける。

頭はいまだに働かなかったけれど、何度も繰り返される鳴き声を聞いているうちに、心の中の絶望がゆっくりと塗り替えられていくような、初めての感覚を覚えていた。

＊

「──それで、この子どうすんの」

翌朝。

今もなお姿を消す気配のないチビの魂を前にして、御堂は庄之助にそう尋ねた。

「うーん、そうだなあ」

庄之助は、輪郭が曖昧《あいまい》なチビを指先で撫《な》でながら、さも愛《いと》おしげに目を細める。

庄之助によれば、昨夜チビに起きた現象に関して、まったく不明であるとのこと。

というのも、この世に留《とど》まっている以上は広義での地縛霊に該当するものの、チビからは恨みや無念といった重い感情はまったく伝わってこず、つまり浮かばれない理由がないという話だった。

結果、あくまで想像であるという前置きのもとに庄之助が出した結論は「恨みではなく、守りたいという気持ちだけで留まってしまう場合もあるのだろう」という、ずいぶん大雑把なもの。

しかし、栄寛もまた、その意見を支持していた。

「……いや、そうだなあ、じゃなくて。どうすんのって聞いてんだけど」

御堂はいつまでもはっきりしない庄之助を急《せ》かす。

すると、庄之助はふいに、御堂に意味深な視線を向けた。

「祓《はら》いたいかい？」

ストレートな問いに、思わず心臓がドクンと揺れる。

御堂は動揺を悟られないよう、慌てて庄之助から視線を逸《そ》らした。

「祓いたいっていうか、浮遊霊である以上はいつどうなるかわからないだろ。……今はよくても、危険な存在にもなり得るわけだし」

そう言うと、庄之助は深く頷《うなず》く。

「それはそうだね。チビ自体になんの無念がなくとも、いずれ厄介な悪霊の影響を受けることだってあるかもしれないしね」

「だったら、他に被害が出る前に祓った方がいい」

「確かに、君が正しいな」

庄之助はあっさり肯定するが、その言葉とは裏腹に、チビを撫でる手つきは驚く程優しい。

そのとき、ふいにシロの小さな鳴き声が響き、即座にチビは庄之助の手を振り払ってシロへと駆け寄って行った。

庄之助はその様子を眺めながら、笑い声を零《こぼ》す。

「微笑ましいね。魂になったことで自由に動けるようになり、存分にシロを守れることが嬉《うれ》しいんだろう」

「……死んで元気になるなんて、あまりに皮肉すぎる」

「そうかい？　あんなに幸せそうな姿を見ると、私なんかは、なにが正しいのかわからなくなるよ」

「…………」

「それにしても、体が弱いからといって魂が弱いとは限らないんだなあ。まさか、あんなに禍々《まがまが》しかった動物霊を、小さな体ひとつであっさりと消してしまうなんて。いまだに信じ難いが、……いい番犬になりそうだ」

「……っていうか、祓わせる気ないだろ」

なんとなくそんな気がして、御堂は庄之助を睨む。

すると、庄之助はいたずらっぽい笑みを浮かべた。

「君が正しいという意見は、嘘じゃないよ」

「……で？」

「ただ、もう少し待ってやれないかと思ってね。……それに、我々は他にこういった例を知らないわけだし、危険だと決めつけて今のうちから排除しようだなんて、少し傲慢《ごうまん》ではないかなと」

「そんな悠長なこと言って、もし悪霊化したらどうする気だよ」

「そのときは、吏の判断に託すよ」

「…………」

狡《ずる》いと、御堂は思う。

ただ、仲良く寄り添う子犬たちを見ていると、それ以上反論する気にはなれなかった。

「……わかった。ただ、少しでも気配が変化したら容赦無く祓うから。そのときは、止めない約束で」

ぶっきらぼうにそう言う御堂に、庄之助がさも可笑《おか》しそうに笑う。そして。

「ああ、約束する」

そう言って、チビとシロを嬉しそうに膝《ひざ》の上に乗せた。

結局いつも庄之助の思い通りだと、御堂はやれやれと肩をすくめる。

ただ、こうやってなにもかもに優しさを見せる庄之助に呆《あき》れながらも、こうして流されることに妙な心地よさを感じはじめている自分もいた。

この人と一緒に過ごし、この優しさに流され続けていれば、——いつか、自分のことも許せるだろうか、と。

そんな日は絶対に来ないとわかっていながらも、つい、そんなことが頭を過《よぎ》ってしまう。

そのとき。

「吏。——絶対、なんてことはないんだよ」

まるで心を読まれているかのようなタイミングで、庄之助がそう口にした。

「は……？」

御堂は動揺し、思わず瞳《ひとみ》を揺らす。

しかし、庄之助はいたっていつも通りの様子で、さらに言葉を続けた。

「私にはさほど時間がないが、……いずれ、それを証明してくれる人間に出会えるさ」

「いや、だからなんの話……」

「宝探しを、託そうかと思っていてね」

「………」

どうやらマトモに説明をしてくれる気はないらしいと、御堂は理解を諦《あきら》め適当に頷く。

すると。

「さあ、帰ろうか。鳳銘館に」

庄之助はどこか楽しげに笑い、チビとシロを抱えたままゆっくりと立ち上がった。

「――さて。君らが自由に羽ばたけるような、いい名前を付けてやろう」

庄之助がそんなことを言いだしたのは、鳳銘館への帰り道のこと。

「もう、チビとシロで呼び慣れてきたんだけど」

御堂がそう言うと、庄之助はさも不満げな表情を浮かべた。

「チビだと矛盾するって前にも言ったろう」

「いや、魂なんだから育たないでしょ」

「この子らは、きっと一緒に成長するさ。一心同体なんだから」

「……前例がないからって、妄想が過ぎる」

「妄想じゃなく、希望だよ」

また変なことを言い出したと思いながら、御堂は黙って庄之助の後を追う。

すると、庄之助はしばらく黙り込んだかと思うと、突如、表情をパッと明るくした。

「そうだ、〝ロンディ〟と〝スワロー〟っていうのはどうだろう。どっちもツバメを意味する言葉からなんだけれど、ツバメは小さな体で信じられない程の距離を移動するし、なんだか自由なイメージがある。彼らのこれからの日々を祈る意味でも、ピッタリじゃないかな」

「……ロンディと、スワローねえ」

気のない返事をしながらも、短時間で考えたにしては悪くない響きだと御堂は思う。

庄之助もずいぶん気に入った様子で、早く子犬たちに名前を覚えさせたいのか、歩きながら何度も名前を呼んだ。

そして。

「君らの名前はツバメが由来なんだよ。――だから、一番心地いいと思う場所を、自分の居場所にしなさい」

そう言い聞かせた途端、子犬たちの目にほんの一瞬、小さな光が宿ったような気がした。

本書は書き下ろしです。この作品はフィクションであり、登場する人物・地名・団体等は実在のものとは一切関係ありません。

大《たい》正《しよう》幽《ゆう》霊《れい》アパート鳳《ほう》銘《めい》館《かん》の新《しん》米《まい》管《かん》理《り》人《にん》5

竹《たけ》村《むら》優《ゆ》希《き》

令和5年 3月25日 初版発行

発行者●山下直久

発行●株式会社KADOKAWA
〒102-8177 東京都千代田区富士見2-13-3
電話 0570-002-301(ナビダイヤル)

角川文庫 23588

印刷所●株式会社暁印刷
製本所●本間製本株式会社

表紙画●和田三造

●お問い合わせ
https://www.kadokawa.co.jp/（「お問い合わせ」へお進みください）
※内容によっては、お答えできない場合があります。
※サポートは日本国内のみとさせていただきます。
※Japanese text only

ISBN 978-4-04-113519-8 C0193

◇◇◇

角川文庫発刊に際して

角川源義

第二次世界大戦の敗北は、軍事力の敗北であった以上に、私たちの若い文化力の敗退であった。私たちの文化が戦争に対して如何に無力であり、単なるあだ花に過ぎなかったかを、私たちは身を以て体験し痛感した。西洋近代文化の摂取にとって、明治以後八十年の歳月は決して短かすぎたとは言えない。にもかかわらず、近代文化の伝統を確立し、自由な批判と柔軟な良識に富む文化層として自らを形成することに私たちは失敗して来た。そしてこれは、各層への文化の普及滲透を任務とする出版人の責任でもあった。

一九四五年以来、私たちは再び振出しに戻り、第一歩から踏み出すことを余儀なくされた。これは大きな不幸ではあるが、反面、これまでの混沌・未熟・歪曲の中にあった我が国の文化に秩序と確たる基礎を齎らすためには絶好の機会でもある。角川書店は、このような祖国の文化的危機にあたり、微力をも顧みず再建の礎石たるべき抱負と決意とをもって出発したが、ここに創立以来の念願を果すべく角川文庫を発刊する。これまで刊行されたあらゆる全集叢書文庫類の長所と短所とを検討し、古今東西の不朽の典籍を、良心的編集のもとに、廉価に、そして書架にふさわしい美本として、多くのひとびとに提供しようとする。しかし私たちは徒らに百科全書的な知識のジレッタントを作ることを目的とせず、あくまで祖国の文化に秩序と再建への道を示し、この文庫を角川書店の栄ある事業として、今後永久に継続発展せしめ、学芸と教養との殿堂として大成せんことを期したい。多くの読書子の愛情ある忠言と支持とによって、この希望と抱負とを完遂せしめられんことを願う。

一九四九年五月三日

大正幽霊アパート
鳳銘館《ほうめいかん》の新米管理人
竹村優希

秘密の洋館で、新生活始めませんか?

鳳《おおとり》爽良《そら》は霊が視えることを隠して生きてきた。そのせいで仕事も辞め、唯一の友人は、顔は良いが無口で変わり者な幼馴染の礼央《れお》だけ。そんなある日、祖父から遺言状が届く。『鳳銘館《ほうめいかん》を相続してほしい』それは代官山にある、大正時代の華族の洋館を改装した美しいアパートだった。爽良は管理人代理の飄々とした男・御堂《みどう》に迎えられるが、謎多き住人達の奇妙な事件に巻き込まれてしまう。でも爽良の人生は確実に変わり始めて……。

角川文庫のキャラクター文芸

ISBN 978-4-04-111427-8

ISBN 978-4-04-106233-3

あやかし民宿の愉怪《ゆかい》なおもてなし

皆藤黒助

お宿が縁を繋ぐ、ほっこり泣けるあやかし物語

人を体調不良にさせる「呪いの目」を持つ孤独な少年・夜《や》守集《もりしゅう》。高校進学を機に、妖怪の町・境港《さかいみなと》にある民宿「綾《あや》詩荘《しそう》」に居候することに。しかしそこは、あやかしも泊まれる宿だった！　宿で働くことになった集はある日、フクロウの体に幼い男の子の魂が憑いたあやかし「たたりもっけ」と出会う。自分の死を理解できないまま彷徨《さまよ》う彼に、集はもう一度家族に会わせてあげたいと奮闘するが——。愉怪で奇怪なお宿に、いらっしゃいませ！

角川文庫のキャラクター文芸

ISBN 978-4-04-113182-4

ISBN 978-4-04-111795-8

澤村御影
憧れの作家は人間じゃありませんでした
角川文庫

憧れの刑事部に配属されたら、上司が鬼に憑かれてました

飛野 猫

あなたの知らない京都を事件でご案内!!

幼い頃から刑事志望の亜寿沙《あずさ》は、念願叶って京都府警の刑事部所属となる。しかし配属されたのは「特異捜査係」。始終眠そうな上司・阿久津《あくつ》と２人だけの部署だった。実は阿久津は、かつて「鬼」に噛まれたことで鬼の性質を帯び、怪異に遭遇するように。その力を活かし、舞い込む怪異事件の捜査をするのが「特異捜査係」。縁切り神社、清滝《きよたき》トンネル、深泥池《みどろがいけ》……京都のいわくつきスポットで、新米バディがオカルト事件の謎を解く！

角川文庫のキャラクター文芸

ISBN 978-4-04-112868-8

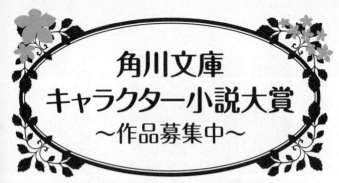